JOSTEIN
GAARDER

苏 菲 的 世 界 系 列

预言之书 | 脑洞大开的二十个生命故事

# 贾德谈人生

## The Diagnosis

[挪威]乔斯坦·贾德　著

叶宗琪　译

作家出版社

二一二〇年一月，时光扫描器的最初原型诞生了。借助于时空搜寻器，可以直接站在历史的舞台上，解开所有悬而未决的历史谜团。

　　万物由此而生，老旧沉入过往。

目 次

珍禽

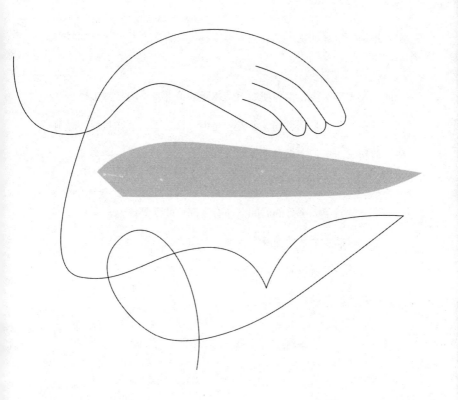

据说，世界非常古老，但它很少超过一百年。我们才是那些衰老的人。

只要人类诞生，世界便如上帝休憩的第七日一般新鲜稚嫩。

现在，我们是创世的见证者。光天化日之下，就在我们的眼前形成，前所未闻！一个来自虚无的世界……

但却仍有那些闷得慌的人！

世界耽睡了大部分的时间，还有大部分的空间。

它只是偶尔揉醒惺忪睡眼，恢复意识。

"我是谁?"世界问道，"我从哪里来?"

珍禽在我们的肩上停留了几秒钟。

# 时光扫描器

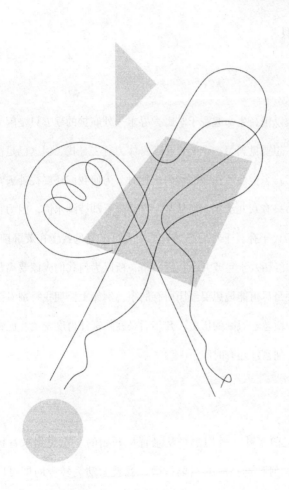

■

## 专断的意识

### 1.

很久很久以前，生命起源于旷野。寻求一处庇护的地方只是因为饥饿或寒冷。想要见到另一个人，必须身体力行去寻找。但这已是很久以前的事了。当生命就在四面墙内进行时，为何我们还要往外去？

人的寿命只有八九十年，但从某一方面来看却持续永恒，因为它无法遁形于后代子孙。千年后必然有某个人可以看见我坐在荧屏前。然而我们无法经历八十年或九十年后的事，所以为何我们应该要离开房子？但人还是尽可能地想要经历所有的事。例如上星期我特别专注在越战上，一段恶心丑陋的历史，几年后又在阿富汗再度发生。但到下个月为止，阿富汗还有时间。

### 2.

二十世纪前半叶，一切都是从录音机开始的。一想到录音机引起当时的人何种选择时的战栗折磨，我就激动。转眼间即可以在家里接收世界各地的讯息。但如果人们当时知道日后会发生什么事的话……即使在当时，自己家中已经形成新的范围。与纽约或东京的火灾新闻比较起来，在本地酒吧或角落里的小酒馆里获得的消息到底是什么？

这倒是不言而喻。然而必须清楚分辨，录音机与现今时光扫描器之间存在着哪些引人注意的相似性？原则上可以在数百个国家中接收数千个无线电发射器。

当时有些人成为业余无线电者，意即他们购买或者设立自己的小型发射器，以便吸引世界的注意力。二十世纪八〇年代初期如雨后春笋纷纷冒出头的地方电台，更是说明了此种现象持续发展的可能性。

然而地理距离却因此丧失了其重要意义。除了录音机之外，电话与电报机亦同为重要元素——在整个二十世纪中发挥了惊奇的发展力。

## 3.

早在录音机上市前，便开始了活动影像的实验。

众所周知的是，影片是种单面沟通的残暴形式。付钱坐进电影院，唯一可能的选择机会是在电影结束前起身离去。今天还可以估计世界对电影的兴趣到底有多大吗？

接着是电视。一九七〇年电视网缠绕了大部分的世界，电影面临它的末日。每个人从此可以轻松地坐在自家的沙发上观看天下事。

二十世纪七〇年代初第一批录影机也上市发行。就像以前将声音录在磁带上，现在也能同样处理活动的影像。

电视掀起了一场狂风暴雨，许多旅馆房间内皆备有此项新式奇迹。电视机的进驻开启了居家生活的新纪元，每个家庭从现在开始可以自行决定收看何种影片。烟草店也以极低廉的价格出借录像带。犹不仅于此：数十年后，大部分的现代家庭都拥有自己的摄像机。

人类的生活与历史通过磁带记录储存。即使发生在街上、银行或其他有人的地方的可耻罪行也会被摄像机拍摄下来。自己的家成为最安全的地方，在这里可以做的事理所当然也比以前多得多。

与录像机齐头并进的当属所谓的有线电视，更重要的是环绕在地球周围愈见密集的电视卫星地带。二十世纪九〇年代中期起，每位电视拥有者都能接收几十个电视频道，绝大部分的人有数百个节目可供选择。五十年后，电视已经赶上短波的洲际效力范围。

同此之际，录像带与电视节目的产量惊人地攀升，随时可透过电视接收数量可观的节目。就算兴趣索然——请注意我说的"就算"，架子上也会堆满没有时间观赏的故事片或纪录片。

勤奋的现实片断收集者眼前开展出一片极大的可能性。人们开始不再逗留在街道或广场上，这件事毕竟一点儿也不让人意外。那么街道还能提供些什么？

每个人在自己的房间内有个通往修身养性与启发心智的入口。

**4.**

二十世纪末崛起的数据革命，额外扩大了电视机的规模。

世纪末绝大多数的电视机同时具有电脑终端机的功能，电子网络的扩充将世界连接成单一通讯网。

二〇三〇年左右，服务业的酬劳给付、各式金钱流通与所有货物订购都可在自家进行。人类不再依赖私人录像机或录像带，也不再需要拥有自己的书籍，让它在架子上沾满灰尘。欲见欲知之事皆可使用家中或厨房里的机器，直接从资料库接收讯息。若想要报纸或百科全书上的文章、一首诗或一部小说，也可利用自己的激光打印机将之打印出来。

那时每个人可掌握过时或最新的新闻节目、老旧或新版的影片；整个艺术史以录像成品的方式流通观赏——简短地说，现在购置的特殊器材在二十一世纪前半期便已成了日常用品。

二十一世纪初期，影像电话将取代旧式的电话机。通过话筒交谈，与面对面的沟通方式仍有段差距。表情毕竟是谈话的一个重要成分。能看见喜欢的人是件好事——就像将他揽在怀里一般美好。然而荒谬矛盾的是，影像电话却反而拉远了人类的距离。

此外值得一提的是，架设在全世界四千至五千个中心点的摄像机并不说明或评论外界发生了何事。想知道地球某个角落的天气概况，只须叫出相关的电台，坐在沙发上便能一览天下事。

令人惋惜的是太阳底下的新鲜事逐渐减少——这正是问题的核心，离开房子意味着严重限制自身的视野。


## 5.

所有较古老的通讯方式，包括娱乐与各类知识传递的途径，至二十一世纪中期为止都是通过电视进行。每一种人际接触——洲到洲，世代到世代——从又称之为终端机的荧屏开始。

一切的资讯都集结在唯一的数据网络当中，每间屋内放置一个或多个荧屏已属常态。像现在一样，多半在客厅里摆个大荧屏，其他房间内则有不同的小荧屏。二〇八〇年，每个房间四面墙上都是荧屏的情形将早已司空见惯；但现在的人还是认为，在屋内装设太多的荧屏会剥夺居家气氛。另一方面，在厨房里切面包或者蹲厕所的时候，还是会想看点东西。最后，时间不容挥霍，天下事尽在你的视力范围内，世界就站在厨房的餐桌上。放着绝佳机会不加以利用简直是麻木不仁。

二十一世纪起，我们可以论及所谓真正的双边交流。借由网络，不仅能够从荧屏上取得各种形式的资料，亦可与任何一个人有所接触。二〇五〇年在家中遇见他人的概率为百分之八十五（今日为百分之九十七）。

那时人类已经永久远离街头与广场，终端机成为我们的休憩场所。想在城里散散步放松心情的人，必须像现在一样回家去买西红柿或与其他人聊天。

．

# 原初维管束

## 1.

二一〇〇年，量子物理领域一系列的开创性发现急速颠覆翻转了人类的历史。

一九〇〇年人类即了解，原子并非德谟克利特所想象，是种无法穿透的微小物质，而是可以再分裂为更小的"基本粒子"。

但即使是这种基本粒子也缺乏建构所有唯物主义基础的稳定性与可控性，它们此刻像密实的球体或微粒——下一秒却又如波浪或能量一样。因而结论是，所谓的基本粒子并非元素，而是夸克[①]的聚集。

波耳[②]的互补原则在二十世纪众所皆知，当时谈论的主题是现代物理的后唯物主义趋势。此外，喧腾一时的"人类理性解放物理学"

---

本书注释均为译者、编者注。

① 夸克：quark，一种基本粒子，也是构成物质的基本单元。

② 波耳：Bohr，丹麦物理学家，获1922年诺贝尔物理学奖。

的论调更令人额手称庆。

正当人们相信掌握了物质的微小部分时，它又消失了，比想象中更加魑魅魍魉。

有人说，"知识洪流倾向非机械真实"；"宇宙近似伟大的思想，而非庞然的机械。"或者，如爱丁顿所说："世界的物质是精神物质。"

倘若人类能够知道接下来将发现何物的话该多好！

因为万物不长久。布鲁门贝格于二〇六二年指出，现实分为五种范畴，肉眼可见的宇宙仅由前四种构成，时间与空间是单一物质的特性，这种物质我们称为原初维管束。

突尼西亚人拉彼帝最后证实，夸克的活动贮存在原初维管束中，在那儿，时间与空间叠合成一种连续光谱。

万物拼合成一种概念，物理学众多的原则统一为广博的自然法则。


## 2.

早在十八世纪，法国数学家拉普拉斯就已假想出一位熟悉在特定时间中所有物质粒子位置的知识分子。对他而言无所谓"未知、未来与往昔都赤裸裸地呈现在他的眼前"。

拉普拉斯假想的知识分子确有其人，我们称它为原初维管束——它不比资料库来得聪颖。

阿巴度拉·鲁西迪于二一〇五年指出，宇宙所有大事全贮存在原

时 光 扫 描 器

初维管束里，也可以从这儿将它们取出。

就在十五年后，也就是二一二〇年一月，时光扫描器的最初原型诞生了。

世界震惊得像跛了脚似的。借助于两种搜寻器可以解开所有悬而未决的历史谜团，将世界史上的大事呈现在荧屏上。不是以录像带、历史著作或研究报告的形式，而是直接站在历史的舞台上。

万物由此而生，老旧沉入过往。

## 3.

如若一开始最新的发明都被隐而不谈，人类如何能使用这项新式的工具呢？

时光扫描器自然是前所未见，但别忘了，在它之前曾经产生的变化发展。那时每个人都已体验过各种形式的人类经验。二一二〇年，全部的数据资讯皆可经由简便的键盘操作传送到自家的荧屏，电影、艺术作品、文字记录以及所有与人类相关的现存资料将成为共同的文化资产。

混沌未明即谓新。穿越荧屏，漫游在世界史的天际间已非难事。建构历史或许得化个五十亿年，然而时光扫描器却能够在短时间内将悠久的历史呈现在荧屏上。发现有趣的东西时，还可以放慢速度，或是停留在重要的场景中。

搜罗有关二次世界大战的影片或文章已非必要，人类历史中这段悲惨的一页，现已可直接通过荧屏重现出来。借助时间与空间两种为人熟悉的搜寻器，能不费吹灰之力描绘单一的历史大事，如处决二战战犯或者是希特勒与戈培尔的会面。

若说日内瓦的先驱者兴致勃勃地开发时光扫描器，还只能算是种保守的说法。除了世界历史外，他们毕竟还掌握了更多的资讯。

然而，这项新的发明对人类而言真的是种福音吗？还是一种危险的玩具呢？

## 4.

大家都知道，几十年后家中的荧屏便可连接时光扫描器。二一五〇年左右，只有少数人会放弃添购可以使用新式发明的附加装置。

因为以前的旧技术已打下良好的基础，所以大众对时光扫描器的接受度相当高。许多人不会把改变当成特别夸张的事，而是视为一种循序渐进的过程。

使用时光扫描器的两种搜寻器，不会比使用旧式电脑游戏的操纵杆来得困难，只要会使用搜寻器，时光扫描器便不会是问题。然而，这不表示所有的人在面对历史文化时都同样灵活敏锐。不过熟能生巧。

以老式的录音机为例，想要收听特定短波频道的人，必须小心调整，否则很容易就跳过了十个电台。使用时光扫描器的遥控器时，指尖的感觉也是个重要的准则，同样道理也适用在时间与空间搜寻器上。在这里我想举个例子：

假设，我们正在找寻法国哲学家让-保罗·萨特，可能我们知道他曾住在巴黎，或许也知道他在二十世纪中期住在巴黎，然而知道这些还是没办法将时光扫描器对准一九五〇年代的巴黎。巴黎！巴黎的哪儿呀？确切的时间究竟是何时呢？或许，我们先来找找看一九五二年四月七日上午十一点半的巴黎。即使我们知道要找的人这段时间内在城里，还是可能像草堆里找针（农业时期的譬喻），毫无头绪。萨特先生可能坐在哪一家咖啡厅里？当时的巴黎林林总总有上千家的咖啡厅！我们当然可以展开地毯式的搜索，这个方法常用来找寻某个特定的人物。但是在半途注意力很容易就被引开，也许一场斗殴便会引起我们的兴趣，或是意外侵袭、一场活动、政府盛宴等。我们需要线索。假设我们知道萨特于一九五六年十一月十一日中午与西蒙娜·德·波伏娃一起在蒙帕拿萨进餐，那么事情就好办多了。现在只须设法打听这位先生的长相就行了。我们"漫步"在蒙帕拿萨，突然，他在那里！逮到他了。他再也逃不出我们的手掌心！我们可以回溯萨特的过去与预见他的未来，远至他的出生与死亡，或者直到我们对他丧失兴趣、让他从眼前消失的那一刻为止。我们之中许多人处在这种情况下，会产生冒失轻率的感觉。刺探逝世多时之人的私密生活是正确的吗？我知道有些人就是喜欢探人隐私，对于此类的偷窥主义我绝对敬谢不敏。

## 5.

诚如所说，使用时光扫描器并不困难，每个人很容易就能学会。问题是该从何开始？唯有无限才渴望真正的生活艺术。一旦万物皆唾手可得又该如何抉择？人类与扫描器第一次的会面动人心魄。

若将一个扫描器设定在公元九六三年五月二十五日下午二点三十分，另一个设定在挪威的某一处，或许是北纬六十度东经十度，接着你便位于一座针叶林的深处。在发现某种生物前，可能已经过了好几个小时。再待一会儿，也许看得见一只熊或麋鹿，但要看见一位维京人①可能就得等上几天或几个星期。所以你试着找一条出森林的路，然后降落在广无人迹的狭窄海湾。在最佳的情况下，经过数小时的搜寻，最后到达一个维京人的港口。

二一四八年，数百万人通过个人荧屏连接扫描器后，不久将会形成一种指导需求。人类终将——在某种程度上是一夜之间——毫不费力地了解整体世界历史，届时许多人将陷于时空错乱中。

总会有人专横任意地在历史中穿梭搜寻，但今日大部分人还是得依赖在其间发展出来的数千个搜寻密码。我本人使用七千或八千个密

---

① 维京人：泛指北欧海盗。

码，也许比一般来得多。

第一种搜寻密码是从办公室发展出来，人类对这种密码特别有兴趣。目前仍有许多此类的密码在流通使用当中，举几个例子：

其中一个重要的辅助工具是这些关键字密码（如：乡镇与城市、今天与昨天）——事实上，有三百六十个地方有特定的时间限制（巴比伦：公元前二○○○至一七○○年；雅典：公元前四○○至三○○年；罗马：公元前二○○至公元后三五○年，等等）。借助这类关键字可以测定某一地点的方位，从那儿开始准确地将时间与空间对准你想要知道的事件。乡镇与城市是最常使用的关键字——普遍到连今日开疆辟土的世界探险家也少不了它。倘若借助在数百万个样本中流动互通的关键字，来了解某单一事件的经过，那么就不会再出现天下独我一人的孤单感了。

可以追溯的古老关键字有"伟大的画家与其旷世巨作""万里长城""第二次世界大战之场景""金字塔""柏拉图与苏格拉底""核武发展""人类的起源"以及"从行星到银河"。

通过此类关键字与密码可以在特定的兴趣范围内经历一次又一次的高潮，而且也不必就此牺牲行动自由——这与早期的电视节日不同。我们随时可从恺撒大帝的谋杀案中抽身，独立自主地畅游罗马。

除了由政府拟定管理、具教育功能的密码外，还有一系列为应对不同需求与兴趣，奠基于商业的模糊密码。这些原本只有一小方植物区大的密码终究会渐渐形成一座热带丛林，过多的密码最后只会丧失其辅助作用，总有一天人类没有这些密码反而会过得比较好。已经有人宣称，密码是通往真实知识的绊脚石，而非催化剂，因为在某种程度上它是现实状况的双倍变形。

在这里我并不想提供最新或最好的时光扫描器搜寻密码或关键字，相关的目录事实上已经供过于求了！不过我想介绍早在二十三世纪便流通使用的密码。对我们而言，尤其是年轻人，认识密码的历史刻不容缓。

最常出现的关键字当属"泰坦尼克"。很久以前，有关泰坦尼克号的书籍或影片，便多如过江之鲫，所以来体验一次翔实的沉船经过该是饶富兴味的。现在这艘豪华游轮的灾难旅程反手之间便会出现眼前，只需选择正确的密码，你会发现自己已身处泰坦尼克号的甲板上，而且刚好正在撞上冰山前的几分钟。当然我们无法目睹全部的过程，因为泰坦尼克号是在半夜沉的船。船上最后的灯光熄灭，也正是这场演出的落幕时分，只有在一些救生艇上还依稀可见零星的亮光……

早期的关键字还有"黑泽明""车祸精选""数世纪的迫害手法""九九九位人类蒙难者""一〇〇一谋杀纪事""从克鲁曼农人时期至今的强暴与乱伦""名男人的性生活""出浴之女""禁忌的爱"与"堕落的僧侣"。

除了性就是暴力，商业性质的密码工业一开始就往这个方向走去。这并不是说以前的人不那么爱探听耸人听闻的消息，就算是更久远的人也一样乐此不疲，只是因为当时谋杀与强暴就已经开始了。

人类被喂食同一类影片达两百年之久，或许这时可以假设市场已经饱和。然而问题是，市场是否真的曾经出现饱和的情况？影片与密码不同之处在于，密码呈现了历史事实，没有经过设计的消遣娱乐。因此我们可以确定，在这方面现实与虚构两相较劲抗衡。但这自然也与观察家的眼力有绝大的关系。只要将时间投入在搜寻上面，就能在历史洪流中发现所有一切。据说被禁的关键字"残暴罪行"的制作者花了四年的时间生产制造。当然，花了四年时间坐在荧屏前面的人，绝对可以编排组织最不可思议的事件。可是，为何却没人发展"十二种文明中的童玩"或"从洞穴壁画到素描本"的密码呢？向尝试者揭开神秘面纱。在这方面历史也必须提供一些东西才是。


## 6.

是否应让孩子接触扫描器的论题在最初几年成为热门话题。我们真能指望孩子独当一面研究历史人物吗？

诚如所说，人类的历史有时候是相当粗暴与血腥，所以让孩子面对历史之前，难道不必对真实有所审阅筛选吗？难道历史对孩童一点儿伤害都没有吗？在这样的考量之下，反对将时光扫描器连接公共网络的声浪便如排山倒海而来。

人类面对的不仅是执行或技术上的问题，甚至是形而上学的问题：原初维管束是无法分割的，在时光扫描器中加入监控要素又是不可能的，因此，时光扫描器（或原初维管束）该如何分辨喜乐虔敬与败坏道德的事件呢？

又如此例所指：每个人都知道二十世纪末大瓦解之前，在纽约、伦敦、罗马与墨西哥等大都会中的情形是多么血腥暴力。一旦孩童坐在荧屏前，便不可能避免他们接触这些影像。小孩子都听过纽约这个地方，当他们将时光扫描器对准九〇年代的纽约，不需多久就能穿梭在纽约街道中，经历恐怖惊异的事件——如意外、谋杀、暴力、恐怖分子滋扰生事等。

所以出现了某种形式的妥协：时光扫描器仍然连接网络，而禁止孩童上网，执行上也是困难重重。为求平衡，采用了严格的密码监控。除了悲惨之事外，历史中仍可见美好与光明。到时几乎不需要给孩子上一道丑恶事件大杂烩，即使是针对大多数的成人也没有必要。但显而易见的是，缺乏社会问题，而在昔日愁苦困厄的泥塘中打滚，是这个时代的特征。

回过头来思考时光扫描器的前身，也对我们有所助益。早在二十一世纪前半叶，每个小孩已经可以借由按键从数据网络中叫出录像带、电视节目及书本内页。虽然当初不是所有叫出来的节目全然毫无伤害，但也没人会在孩子耳边絮絮叨叨，教他怎样弄到恐怖电影。

最终还是得由父母对孩子负起无限的责任。实际上近几年来，市场上出现一系列相当优秀的儿童密码，如"珍禽异兽""林中鸟儿欢唱时""一百一十一种灭绝的物种"，特别是杰出的"一起动手做……"系列作品。

从认知理论角度观之：人类，特别是儿童，是习惯性动物。今日伴着时光扫描器成长的儿童与从前没有时光扫描器时期的小孩并没什么两样。或者如伊本·阿尔·阿拉文塞那在将近一百年前所言："存在我们意识中之物，定已先出现在电视荧屏上。"

小孩子知道自己在荧屏上看到的并非真实，那些除了是历史之外，什么也不是。

■

## 科学之死

### 1.

时光扫描器装设在日内瓦已成事实。在它连接网络之前，来自世界各地的历史学家聚集在瑞士，全力以赴研发新式工具或者进行他们称之为新方法的研究。

根据他们的观点，历史科学的新时代已经来临：从现在开始，历史将成为一门精确的科学；这门科学拥有原则地达到了实证科学阶段。

然而历史科学簇新的繁盛期却如昙花一现。更甚者，随着时光扫描器的发明，这门学科就此死亡，或在较好的情况下——变成多余的。

没错！既然有了时光扫描器干吗还需要"历史学家"？如果不能猜测也得不出结论的话，也就没有历史科学的容身之处了。

若说今日历史仍成一门独立学科，其实指的是发展扫描器新密码的工作而言。历史古籍中的注脚越来越长，逐渐的整个学科蜕化成注脚。虽然历史的嗅觉——有些人称之为"直觉"——绝不会贬值，然而一旦有能力自行漫游于世界历史中时，自然再也不需要历史文献了。

再也不会出现历史的不确定性了，所有的问题皆能获得解答。二次世界大战期间，德国人迫害六百多万犹太人、蒙娜丽莎是达·芬奇的秘密情人、人类的起源可以追溯到二亿一千一百万年前开始的一系列罕见的突变，诸如此类。资讯不虞匮乏。

其他学科也遭遇到相同的命运，地质学、古生物学、生物学与天文学等首当其冲。原则上自然所有学科都已穷途末路。通过扫描器却无法观看之物不能称为科学。以眼睛而无法审核的论点只能视为臆测与迷信。"眼见为凭"的古老谚语历经了自身的文艺复兴时期，表达出一种健康的概念。

现在可以直接从现实的历史中了解地球地质、生物与文化的发展。几个小时不到，便能浏览全部的发展历程，或者花多一点时间专注在某一时期，或是自己特别有兴趣的单一事件上。针对此已发展出众多富启发意义的密码。我唯一引以为傲、能够翔实审视的是苏格拉底的晚年生涯。为此我在荧屏前坐了十五个月，只有睡意浓重时才会起身休息。当时我还算年轻。

宇宙的历史由一六四〇亿年前的原爆持续至今日。对之前的一切，我们一无所知，因为当初什么东西都没有。小时候我们自然都曾尝试一窥一六四〇亿年来的历史，但却只能尝试一次，因为保险丝烧断了，眼前的荧屏顿成一片漆黑。

没什么好奇怪的！我认为没有所谓的"爆炸之前"，当时宇宙已经开始，时间与空间都已经形成。

但却何来爆炸呢？宇宙是如何又为何成形？啊！只有白痴才会问这类超出时光扫描器能回答的问题。


## 2.

到目前为止，谈论的都与历史有关，这一点儿也不意外。使用时光扫描器之后，最令人惊讶的，莫过于它能解开所有的历史谜团。至于重现当代事件这一点倒是没引起太大的震撼。

现在应该再来看看扫描器的技术先驱。我们已经提过二十一世纪初期在地球许多重要地点架立了录像设备。此外所有的银行、邮局、公交车站与地铁站也受到二十四小时的监视。在自己家中就能放映监视录像带。没其他事情可做的人，可以一处接着一处地翻阅。幸运的话，还能目睹意外、谋杀或是抢银行。到二〇六〇年为止，报纸的出版数量大幅下滑，二〇八四年十二月，日报遭到停刊的命运。

二一二〇年，在日内瓦装设时光扫描器之际，全世界已受到相当广泛的监看。众所周知的是法律能保障私人生活不受侵扰，但每个人都能设下电子鬼魅，巨细靡遗截听细节的事实也不容忽视。二一二〇年前后，人人都可以从网络上大量接收地球另一端的人的讯息——网络已横越洲际。

时光扫描器倒不如说是一种呈现多年已臻完美的发展，是某种新颖之物。但重要的是，逐步或跃进式地发展通讯科技，研发扫描器的可能性。

扫描器能对准世界每个角落，所有人都在它的监督之下，再也不会有犯罪问题产生。很可能地球那端的某个人正在看着我挖鼻孔，这种情形出现的几率不高，但不表示不会发生。换个角度来看，或许只有精神极度失常的人才会将自己的生命虚掷在这种无聊的事上。有个例子：眼下有颗原子弹投到广岛上空，或有个人踏上火星，这时世界上不会有人四处闲晃，只为了找一个正站在厨房切面包的人。我们可以计算林中的树木，但谁还有兴趣将自己的时间浪费在这上面？

自身所作所为暴露于大众眼前的事实影响生活的程度或许比自己了解得还深。我们无法隐身躲避于扫描器之前，即使是蚂蚁窝也难逃监看。婚姻破裂也不再发生。虽然这并不意味私通从此销声匿迹，但所有的婚姻都是"透明的"，亦即：邻居能随时守护一个家庭的幸与不幸。如前所说，我坚决反对！幸运的是，这种监看也受到监视。若我怀疑您偷看我妻子入浴，请您也别忘了，我或许正坐在荧屏前卑鄙地冷笑着。

### 3.

我们活在一个全然开放的社会。我知道这种形式的开放备受批评，可是若我们不想要开放，势必得放弃扫描器。原初维管束是不能分割的，它不懂"私人领域"。

人类与原初维管束定下了契约。当然我们可以解约，可以将生活遮蔽于内，再度赢回私人生活的平静。然而这会是什么样的损失？万事万物皆有其价格（一句商业古谚）。人们毕竟不会为了挖鼻孔不被打扰，就放弃通晓一切的机会！

有种合情合理的可行性，就是把灯关掉。时光扫描器不会随身携带电灯穿越黑暗。只要关掉灯，除了自己之外，邻居是看不到你卧室里的一切的。由于这个简单的原因，历史上许多的谋杀案仍悬而未决，因为它们都是在黑暗中犯下的。

因此不需要完全放弃私人生活，这点我保证。多数人似乎还不清楚这个事实，但或许他们之中根本有许多是暴露狂。

■

## 历史的终结

### 1.

时光扫描器在日内瓦一设立，便引起一阵兴奋的猜测，是否时光扫描器也能预见未来。当然，这种天真的想象只会出现在门外汉脑子里。原初维管束怎么会认识尚未创造之物呢？了解未来就像要爬出宇宙一样不可行。宇宙不停地扩大，时间也相同，两者相互制衡。

但未来不再是过去的它。其实在二一七〇年前后历史就已走到尽头。二十二世纪中期后，再也没发生什么重要事件，任何一个密码都无法跨越此一时期。原因何在呢？

即使仍有新的人类诞生、进食、消化、坐在荧屏前观看历史，新的历史却不再形成。所以要求取消纪元的呼声不断提高。今天不管是计算年代还是数玫瑰花圈上的珠子，都同样没有意义。

时光扫描器终结了历史，或许也结束了生命。世界空转，人类只能努力撷取历史的精华。

## 2.

"文化窘境"首次出现在尼采的著作《历史对于人生的利弊》当中。尼采在前言里摘录了歌德的一段话，歌德说："我厌恶只知一味地灌输教导，忽略增强或立即活化我的能力。"尼采补充道："所有的人皆受苦于耗竭的历史高烧。"

因此尼采认为历史威胁生命的存在。依据他的观点，存在着"某种等级的失眠、反刍、历史意义，有生命的东西在这等级中遭受伤害，航向毁灭。这个有生命的东西可能是个人、种族或是文化"。过多的历史，终将导致生命的瓦解与堕落，历史也同时面临崩溃。

尼采本想以此对抗黑格尔主义，但就文化批评来看，他的话语反而令今日的人类更为受用。现在的我们，缺乏尼采所谓的"一个人、种族、文化的塑造力量"。生命需要遗忘。一个人健康与否取决于他是否能够遗忘。遗忘也属于每一种行为与幸福。知识决不能高于生命之上。

尼采把一个过度吞咽历史的人比喻成一尾吞了兔子、在阳光下昏昏欲睡而无法爬行的蛇。

尼采觉得当代人受苦于一种人格缺陷，变成一个贪图享乐、四处晃荡的观众。

他指出，古希腊诗人赫西欧德相信黄金时代早已随风远去，人类越来越衰弱，总有一天，恐怕人类一出生便已白发苍苍。赫西欧德认为这时候宙斯将会出来消灭人类。

尼采将"历史教育"视为一种形式的天生灰发。仿佛人已经老化，做着老年人的活动：回顾。某一程度而言，我们是"知识园地里娇生惯养的闲人"。

我们可以心安理得地说，尼采这个阴郁暴躁的老头在这方面几乎可算是个千里眼，因为自他之后，许多事都产生了变化。尼采死于万象更新的一九〇〇年，因而不曾再目睹到我在这里所提到的通讯科技的发展，但他却拥有敏锐观察未来的能力。

十九世纪时，做事的风气相当普遍。慢慢地只有少数人——尼采认为有日渐增多的趋势——才会坐在看台上，绝大部分的人还是在工作。可是今天所有的人类全坐在观众席上，我们都是观众，我们甚至不再到处游荡，不必为了要继续移动而使用身体。我们所看到的不是当下，从住家荧屏上截获的已经是发生在室外数千年前的事了。


## 3.

是黑格尔的绝对精神指出了未来。查拉图斯特拉担忧的事果然出现：阿波罗战胜了狄奥尼索斯。若我们今天想买个绷带与药膏，得到古董商那儿去了。

对黑格尔而言，人类历史是世界精神了解自我意识的过程。精神曾经是圆满完整的。然而，历史的目的却是回归精神于自己。

把时间倒转至二一二〇年设立时光扫描器的时候，黑格尔会兴奋地跳起来。


■

## 绝对精神

### 1.

对我来说，表态的时代来临了。我当然不是一个人，今日的我们通通不是。我是黑格尔的世界精神；我是神；我是原初维管束。

一旦没有做任何事情，我们都不算是个体。个体是个行动的人，被定义过的个体有其局限性。当随处可见人类，他又通晓万物的时候，万事万物便合而为一了。

历史达成了它的目标，循环被打断。所有的溪流汇集成汪洋大海。

一切发生在数千年前。时光扫描器的构思至今绝对有一万或两万年了，可是这真的一点儿意义也没有。我停止计算年代，但已经漫无目的地在世界历史中穿梭来去。

**2.**

全知赐予无可比拟的心灵沉静，在我的全知性与普遍性中唯一感到困扰的是孤独。

普遍性制造孤独，没人可以分享我的全知性，我无人可教，因为所有人皆通晓万事万物。每个人与我是相等一致的，也就是说：我即大众。

没有其他的东西，也没有我在证明自己存在时泄露出的轻率无知。


**3.**

我头痛，我相信，我睡觉，没有什么值得大书特书的事。也许我梦见过，但我相信，我是从荧屏上看来的，或者说是它看见我的。

我不清楚是在做梦，抑或我自己就是梦境。我无法保证自己活着，但我相当确定，我曾经活过。目前就是这样子，即使实际上这也没什么重要。

为何要不计一切代价在漫无边际中画出一条界线？

佛　陀

如今世界就在这儿。青空中浮云片片，空气里虫儿唧唧。

影片停留在一个画面上：悉达多坐在菩提树下，静止不动。

河水流过大师的目光。鸟儿河面振翅飞舞，它们的翅膀将时间分割成秒。

二十五个世纪逝去无踪，大师眼睛眨也不眨，一如往昔坐在无花果树下。

鸟儿河面振翅飞舞，河水潺潺流过，白云飘越青空。

佛　陀

诊

断

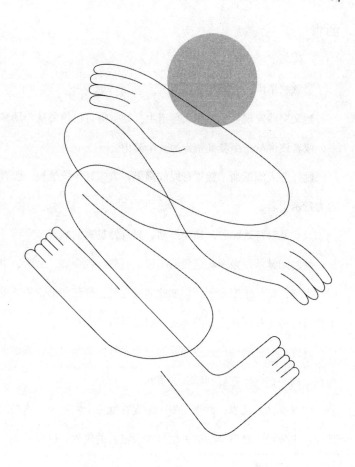

## 沥青

紧急刹车声，一辆车猛按喇叭。

她又突然发现自己站在人行道上。她觉得自己仿佛从一场梦中醒来，或者该说从一个梦又坠入另一个梦中。

她身旁人潮汹涌，像置身蚂蚁窝里，大家好像统统被一股看不见的力量牵引着。

只有她静静地站着，动也不动；只有她是真的醒着。

她的知觉从没像今天这般清明过。当然，她会看、会听，也知道所有事情，却从未像今天一样如此闻着空气、废气和沥青的味道，也不曾有过与现在相同强烈的感受：自己活着、存在着。

或许小时候曾经出现过那样的感受，她的童年突然栩栩如生地出现在眼前。这些年它躲到哪儿去了？

她五岁，她八岁，她十一岁……现在她三十六岁……这期间的岁月如鸟飞兔走。她整个的成人生涯像段漫长的旅程，这段旅程还是透过别人才认识的。

整个上午下着倾盆大雨，现在雨过天晴，阳光让她觉得刺眼无情。

有个小孩叫着妈妈，含混模糊的字在她背后变换着。一个喝醉的人把她撞到一旁，公交车笨重轮胎激起的水花，喷溅到人行道上来。

她呆站了一阵子，像被粘在沥青上，是整团混乱中唯一无所事事的点。之后，她又在人群中动了起来。

珍妮在城里头溜达，她并不急，没有任何迫切的事要做。不久她将不再属于这堆震耳欲聋的嘈杂人群。

她首次在生命中顺着自己的感觉走。在熙来攘往的大广场上，行人机械式的运动像是默片画面，她觉得很陌生。她恐惧，害怕……


■

# X光片


从淋巴腺肿大开始的，她知道那代表什么意思。很可能是个结束，好一点儿的话也许只是种没有危险的感染，甚至很有可能是种没有危险的感染。但是……她看过医生了……因为不只淋巴腺……她非常虚弱，而且总是饥肠辘辘，她一直吃一直吃，却不曾有过饱胀的感觉。她容易头晕，该死的是，最近头晕的频率增多了。

医生做了检查。首先当然是淋巴腺，然后是她整个身体。他严肃地盘问她。

医生，他询问她病情的方式……

他一次又一次帮她抽血检查。她从未想到过，竟然有这么多不同的测试。

几天后医生又把她叫了去，正是复活节前的那个星期一。两次验血毫无疑问都呈阳性反应。

她从医生委婉的语气中听出，有些事不对劲，有些事完全不对劲。

"您不是很健康……"

说话的时候他古怪地看着她。

隔天她必须去照 X 光。她自己去拿了片子，刚好是复活节的前一天。

珍妮早就知道 X 光线有害人体，但 X 光线科的环境一定更是毒性重重，因为放射线太强了！

她向接诊台的一位中年妇女报出自己的名字，还有医生的。护士马上就拿出装着片子的灰色信封，好像她已经等了珍妮一天似的。

灰色大信封上有个白色小信封，护士从里面抽出一张打好字的A4纸。珍妮只看得到有几行字底下画了线，然后护士就把纸塞入大信封内，与片子放在一起。她眼神有异地把信封递给珍妮，请她自己交给医生。

珍妮走到街上，手里握着信封，在那儿停了很久。

她是如此孤单，完完全全的孤单。

手里头是自己体内的X光片，它永远比她的外表重要得多！

信封是封住的，上面印着："医疗证明。限主治医生拆阅。"

万事万物都应有秩序。珍妮不是感情用事的人，但她还是想找个可靠的信差，完整无缺地将片子交到医生手上。

激怒医生似乎是不理智的行为，可能在治疗过程中因此会遇到一些麻烦。实际上她若有勇气的话，恨不得把镜子打破。因为医生算老几呀？毕竟那是她的身体。

她打电话预约门诊时间，医生爽快同意。

"请您马上来一趟。"护士建议。

她必定清楚珍妮所有的情形。那种状况真是让人难以挣脱。

生病的好处是别人会真诚对待你，彬彬有礼，关怀备至……现在她几乎成了名人。

信封！当她递上信封时，医生若有所思地望着她。

然后，然后他把一切告诉她，以一种又敏锐又温和的方式，用一种一切了然于心的语调，但听起来却像幸灾乐祸。

一拆开信封，他马上站了起来。

"您请坐。"他语带命令却又面带微笑地说。他现在一点儿也不赶时间。

一个一点儿也不匆忙的医生，一个不好的征兆。

她曾经在哪儿见过这个微笑？混合着职业性的同情心与同样的自信："我们成功过！请您完全放心地相信我！"

他读着X光线科的简短报告，看了片子一眼。为了秩序的缘故。最后他望着钟（究竟为什么呢?），接着坐到书桌旁，上面正放着那个可怕的信封。

"您不太健康。没错，您病了，真的生病了……"

她还记得这些字，这些字灼痛了她的记忆，却也是她对于这次谈话唯一记得住的话语，剩下的只是些令人神经紧张的画面。现在她清楚知道的事情是结果，是诊断，是判决。

也许，我想，现在该是开诚布公的时候了。也许她是癌症末期，癌细胞已蔓延到淋巴组织。很遗憾，很遗憾……所以淋巴腺会肿大。而且片子，片子上显现内部淋巴组织的活动……时间拖太久了。及时发现其实也不太容易……但是，今日没有什么事是不可能的。要治疗也不算太迟……只要上帝伸出援手。她必须到奥斯陆放射学与放射疗法医院接受新的检查。可能的话，复活节后马上动身。因为目前在我们短暂的生命中只有最棒的才算够好。据说美国有位医生在治疗她这类病例上创造过真正的奇迹。新的疗法、疗养……她只要不丧失勇气。他自己有个姐姐……完全被治愈……

## 放射疗法

　　转诊单躺在珍妮的外套口袋。她朝着火车站走去，要搭下午前往奥斯陆的特快车。就在第二天，星期三早上八点，放射科的人已经等着她了。

　　放射治疗！又是这个字，真是让人毛骨悚然。

　　珍妮相信这是她最后一次看见卑尔根，所以她在港口就下了公交车。她望了佛洛英山最后一眼，然后晃过市场，走上托加梅尼路。现在她站在贺柏斯敦餐厅前，看着玻璃框里的菜单。她还有很多时间，火车三点四十五分才开。

　　鲱鱼、无骨肉、煎小牛排……

　　她搞不懂，世界上怎么会有人还有胃口？

　　玻璃上她看见一张女人的脸。

　　这是我，她想。这是珍妮·哈勒斯塔……

　　珍妮的生命飞快流逝，但最后这段日子却成永恒。珍妮经历了获知诊断结果之后的反应，及不同于以往的生命阶段。

　　生气、沮丧、抗议、激动、痛苦、悲伤……

她曾将一切冀望在家人、朋友与同胞身上，她是多么愚蠢又渺小啊！

现在一切都被掏空，只剩下疲乏与空虚。

如今她是谁？身边仅存的以及随着她到奥斯陆的，只是童年与少年在桑维肯度过的断简残篇，只是在特隆赫姆学生时期的偶然片断。

然后她结了婚，没有生小孩，之后又离了婚。

啊，强尼！亲爱的强尼……也许你仍在特隆赫姆的街头寻觅着我的身影。

珍妮与强尼。从前的日子太过恬适安逸，对她来说太宁静、太完美，所以她转身离开。年轻的化学硕士要独当一面……

难以置信的是，一切就发生在复活节短短几天的假期里。两个星期前，就在要到缪尔菲尔过复活节之前，她与医生约了诊，做一般例行检查。医生没劝她取消这次行程，她只是觉得自己虚弱无力，提不起劲来，所以决定留在家里不出门，至少是待到复活节前的星期天以后。星期一上午电话响了，护士问她是否能过来一趟，她的验血结果刚送到。

那一刻起，事情连同医学冷酷又循序渐进的必然性接二连三出现，她已见怪不怪。

复活节……

几天前耶稣才骑在驴上光荣凯旋地进入耶路撒冷。没错，骑在驴子上。有点幼稚！这点她还从来没想过。但是……

他与门徒一道吃晚餐，最后的晚餐。隔天早上犹大便出卖了他。

然后，下一个画面是他驮着自己沉重的负担一步步迈向各各他①。

从胜利到屈辱只有一小步。我的上帝，我的上帝，为什么你要离开我！

愚蠢。她怕了，有点神经质。但是溺水者不会放过任何一丝微弱的希望。

一丝微弱的希望……又来了，现在是圣诞福音。你们不要害怕，看呀，我要告诉你们关于无穷的喜悦。

珍妮从不信神，但最近她听了许多广播节目，随着复活节的来临促使她思考。

至少她还不算是单独赴义就死，毕竟她不是历史上第一位在三十岁中期就得面临死亡的人。

"嘀嘀——"

她再次被汽车喇叭声拉回现实。这交通，这荒谬的交通。

珍妮不懂别人怎么那样匆忙。她从旋转木马上弹了出来。虽然不愿意，她还是被丢了出来。为了认清喧嚷的生命之舞是多么没有意义，这个过程显然是必要的。

其他的人，环绕在她身边的芸芸众生真的清楚自己的存在吗？他们比一群低头吃草的牛还用心吗？

———————————

① 各各他：Golgatha，又称各各他山，传说耶稣在各各他山被钉在十字架上。

几乎没有。未曾踏上死亡门槛的人，不算真正体验过生命。生命是人们在丧礼上，或者最多只在病床旁思考的问题。

浓密的云层逐渐消散，珍妮远望着天边一架飞往弗列斯兰机场的飞机，她想，飞机上一定坐了从地中海度假回来的醉醺醺的旅客。"神话之旅""赌场旅客"。窒人的湿热缓缓地浮荡在城市上空。复活节观光客、复活节庆典……

拿撒勒①来的男子拖着自己的十字架往各各他去，越来越近。两千年来晦暗的一切慢镜头播放着，风格化的苦难史……

看着飞机，珍妮想到，为何她要花七个小时的时间辛苦搭火车？毕竟她还可以将悲伤的道别往后延。乘飞机去，这她还负担得起。何况世界上还有比金钱更不重要的东西吗？只要还有机位的话。

最近的电话亭在哪儿？

珍妮忽然有事做了。她跑到百货公司地下室，打了个电话给挪威航空。所有往奥斯陆的班机都还有空位，她可以自由选择。

她决定搭最后一班飞机，这样也来得及在约定的十一点半左右抵达奥斯陆妹妹家。起飞的时间是十点二十分。公交车预先在一小时前从车站开出，到柜台取票就够了。

珍妮心血来潮先买了火车回程票，所以她现在只需要一张单程机

---

① 拿撒勒：Nazareth，基督教圣城之一，传说耶稣在该城附近的萨福利亚村度过青少年时期。

票即可。

五百九十二克朗，真是便宜透了，珍妮发现。上次搭飞机是在一九七五年到罗都斯，她这次甚至拒绝无需确定回程时间，机票就可打六五折的贴心优惠。

"您确定要回卑尔根吧？"

也不能因而断言，珍妮就此舒坦乐观了些，不过她有几个小时可以完全独处的时间就是了。

她该如何利用这段起飞前的时间呢？她可以搭公交车回阿萨勒，可是她已经跟那儿道了别，她可以拜访一位住在索瑞得的老朋友，告诉她自己得了癌症，告诉她因为想死在首都，所以要离开……这可能是个机会。把握机会，互道珍重，再度沉浸在同情中。

其实她最想做的事还是去咖啡厅，最好是一个人去。在莱玛斯咖啡馆喝最后一杯咖啡，也许再来一小份虾堡。早餐后她再也没有吃任何东西。


.

## 莱玛斯咖啡馆


珍妮走进莱玛斯，就像其他来咖啡馆的客人一样。与一般下了班后还想喝咖啡的上班族唯一不同之处在于，她手上提着一只白色女用旅行箱。她悄悄把它放在桌下，然后才走到吧台点餐。

她看起来不像才度假回来的晚归的复活节观光客，不该是这样苍白的脸。有可能她是个可怜的值班人员，比别人晚放复活节的假，也许正要往弗列斯兰机场，搭飞机到罗都斯度一周的梦幻假期。但绝对没人、没有人会认为她是一位罹患癌症的化学硕士，正要前往奥斯陆走完人生最后一段路。

"一杯咖啡、一份虾堡，还要一块复活节蛋糕。"

"您坐几号桌？"

珍妮光顾莱玛斯几百次了，这次她却忘了看一下桌号。她回到桌旁，然后又走回吧台。

"十三号。"

"一共是二十二克朗，咖啡会为您送过去。"

十三号，珍妮心里想。没错她是坐在十三号桌，而她的生日是三月一日，1.3.1947。她从来没想过自己的生日会组成十三这个数字。如果她健康的话，发现这个小小的偶然，一定觉得很有趣。可是现在她却非常害怕，这个发现像道恐惧的光束刺穿她的全身。

她在皮包里翻找着香烟，拿出来放在桌上，给自己点了一根烟。

有人把报纸留在桌上，珍妮瞟了一下上头耀眼的彩色照片，是一对戴着太阳眼镜与红色绒球帽、皮肤晒成棕色的情侣，在阳光下于雪中站在一组滑雪杖前。

"梦幻复活节……复活节享受夏日温暖……"

一九八三年四月五日星期二。珍妮吸了一口烟，开始算起时间来，三十六天前是她三十六岁生日……

珍妮并不迷信，但她现在却有点神经质。她觉得自己现在仿佛世界的中心，所有的事似乎全集中到她身边，借由她的状况呈现出一种新气象。

服务生送来她的咖啡，珍妮把报纸推到一边，捻熄香烟，吃了一口虾，然后把放着面包和复活节蛋糕的盘子压在那张度假照片上，再给自己点了根烟。

她吃不下，一只虾都嫌太多，她无法想象又滑又湿的虾拌着美乃滋在她患了癌症的胃里翻来覆去。咖啡她也没碰，因为既浓又恶心。

珍妮不由得想到，她问医生她的病是否可能由环境因素所引起，例如她在实验室里接触化学药剂的工作。医生支吾其词，这点已经半证实了她的疑虑。实在太恶劣！但换个角度来看，这又有什么意义呢？毕竟有轻于鸿毛之死，早晚她都得死，只是从来没想过这个问题罢了。现在她突然发现人类终得一死这件事非常荒谬。

珍妮受不了再看报纸上复活节的罗曼史、虾和咖啡一眼，也不愿意再继续想下去。

她抬起眼看着门庭若市的咖啡馆，发现一些以前没注意到的事，她注视着咖啡馆里的人群，一个、一个把他们看得透彻清晰。

她有种感觉，自己认识每个人或者认出，他们好像是自己的家人一样，仿佛与她出自同一血缘。

同胞……

每张脸都诉说着自己的故事。

你们这些可怜的人，珍妮心想。虽然你们活得比我久，但你们却不曾真正活着。

她觉得自己心底油然生起一股骄傲，同时也同情所有的人，或者该说是所有的生命。

"珍妮！"

她吓了一跳，断断续续地从自己的冥想中被撕裂开来。

"哎呀！好久不见！你复活节过得好吗？"

冷不防被人打断。是她住在索瑞得的朋友，好似从图画书中走出来，全身晒成麦芽色，金发上还顶了副太阳镜。

又是个意外……

"你没出门吗？"

西莉在她对面坐下，将自己的手放在珍妮的手臂上。手腕上宽大的金色手链闪闪发亮。

"对，今年我留在家里。"

"可是你有假，不是吗？"

"没错，你呢？"

"到芬泽去了，昨天才回来。朗希德和我，我们……我们大部分时间都待在他们的小屋。"

"大部分时间？"

"我就知道你会这样问！"

"问什么？我问了什么吗？"

"你不高兴吗，珍妮？对了，你究竟为什么没出门去玩？"

"你说你们'大部分的时间'都待在朗希德的小屋？"

"对呀，没错。我们认识了一位老师和一位医生。"

西莉陶醉地眨了眨眼。

"他们有栋很大的度假别墅，有三温暖，你知道……而且……我们在那儿待了一阵子。"

"也就是说你有段复活节罗曼史啰！"

"珍妮！你不舒服吗？"

"我……"

"算了，每次我们这些从山上度假的人一回来，就觉得你们这些都市人看起来总是非常苍白。不过不久大家看起来也都差不多了……嘿，有几天特别热，所以我们光着上身做日光浴，你看！"

她几乎把毛衣给脱了。

华而不实，珍妮想。她忽然了解"虚荣"这个词的意义了，她还想到学生时候，在古诗里头"虚荣"常与"瞬息"一起出现。哦，虚荣！哦，瞬息！孪生子，难道它们不是一体两面吗？

发生在复活节的性，珍妮想。

性虽然不是她唯一的生活内容，对她却也意义非凡。不仅仅是为了享乐，高潮偶尔让她有融为一体的感觉，但不光只是与伴侣，而且还是与万物合而为一的感觉。她知道自己曾经与强尼谈过这个问题，他给她看了贝尼尼[①]的泰芮西雅·艾维娜雕像的图片。宗教与情色。认知即高潮，高潮即认知。生命丰富多彩。崩裂……

性，她曾尽情享受过这个字所隐含的快乐，但现在就算是这一点也毫无意义了。一切都起了变化，性就像虾与咖啡一样无关紧要。

"你到底在想什么，珍妮？难道你以为我没注意到有事不对劲？"珍妮啜了一口咖啡，像可乐一样冷的咖啡喝起来如同焦油。

多年来，西莉是珍妮最知心的闺蜜，现在珍妮却觉得自己对她很陌生。西莉就像复活节前尚未意识到生命的自己一般地活着，世界只存在她的脑中，像一种概念，一种想法。

"世界是座游乐场吗，西莉？一座大型游乐场？"

"究竟怎么回事？你突然变虔诚了？"

---

① 贝尼尼：Bernini，意大利雕塑家。早期杰出的巴洛克艺术家，十七世纪最伟大的艺术大师。

诊 断

"有可能。"

"等一下。"

西莉走到吧台，拿了茶饼和咖啡卷回来。珍妮已经又点起一根烟了。

"好，现在说说看，发生什么事了？一五一十地说哦！是不是复活节的时候，有摩门教徒去找你？你就是太容易被影响了，珍妮，你应该不要和摩门教徒打交道的……"

"不是，西莉，根本不是这样子……"

她快哭出来，但还是忍了下来。

"不然到底是什么呀？盘子上的东西怎么回事？你怎么动也没动？"

"我得了癌症。癌症，西莉，你懂吗？情况似乎很严重，明天一早我要到奥斯陆的放射科去。或许我只剩几个月的生命了……"

西莉仿佛被揭去面具似的露出了真面目，珍妮几乎同情起她来。现在她们两个赤裸相对。

"可怜的珍妮，亲爱的小珍妮，为什么你刚刚不说呢？"

这位朋友执起她的手。接着就是如同从报上剪下的完整故事。

珍妮需要一个半小时的时间叙述十四天来发生的事。她很惊讶自己竟然能够这么冷静又准确地描述所有的事情，连细枝末节也没放过，好像在说别人的事。

西莉仍旧紧紧抓住珍妮的手腕久久不放。珍妮看见自己的手在刺眼的灯光下苍白毫无血色，像雪一样的白。

"我们不可能永远不死，西莉，早晚你也会遇上……"

她深深望入西莉的眼底。

"现在对我比较重要的是你生病了。难道我帮不上任何忙吗？"

珍妮又点了一支烟，摇摇头。

"嗯，我要陪你到奥斯陆去，我可以请几天假，你一个人去不好。"

"谢谢你，西莉。但这段路我必须自己走。现在你得跟我说再见了，西莉。或许这很痛苦，但我必须向自己、向这座城市以及生命告别。以后你免不了也要这么做。"

"珍妮，等等，珍妮，我真的很想……"

"不！我必须自己完成，现在我得走了，西莉。"

她的骄傲现在如柱子般坚硬。

她起身穿上外套，从桌下拉出白色旅行箱。

"对了！你想不想吃虾堡？或是复活节蛋糕？这些给你吃。"

"可是等一下……"

"保重了，西莉！"

她转过身背对西莉，走到街上，逃离西莉的同情。

同时觉得自己从整个世界挣脱了出来。

## 悉达多

她漫无目的在街上走着。她停下来一次，看着"卑尔根·提德登"陈列柜里张贴的报纸。

读着标题她吓了一跳：《奇迹——我仍活着！》超过六栏，好像是特别给她的消息，其实只不过是日常事件罢了：一个警察奋力逃离一个持有武器的歹徒手中。

事实上，她活着才是项奇迹！珍妮不需要为了见证奇迹而逃离暴徒。事物存在的本身不就是种奇迹吗？

生命的奥秘，珍妮思忖着，生命的谜团……

疾病的谜团……

如果她奇迹似的突然又健康了呢？或者根本是诊断错误？

唉，不可能。珍妮不是会做白日梦的人，她是位化学家，一位实际主义者，不相信奇迹。今年春天的流行歌曲《我们活着》在她耳边低回飘荡。像对照着她的心情似的，这几天她不断从收音机听到这首歌：

为生命而战，只要我们的血仍汩汩流动……

否则究竟还值得为何而战呢？

手里的白色女用旅行箱，一会儿拿在左手，一会儿右手提着，珍妮径直往剧院走去。

《仕女出浴》，这季的强档戏码。这出戏在演什么，她一点概念也没有，但她却觉得这出戏相当幼稚可笑，就像西莉在她教师朋友的别墅三温暖里的放荡行为。

戏剧，戏剧意即强尼，他现在是特隆赫姆的戏剧讲师。人生如戏，他常挂在嘴上，一手拿着烟，一手拿着酒。我们都被放在一座舞台上，落幕时就退场。

他也许不是第一个这样说的人。

珍妮得出城去。她吃力地提着行李走到修道院，然后一路走到诺得尼斯，在那儿她坐在一张椅子上，眺望湖那头的阿斯克小岛。

两千年前一个犹太叛乱分子被钉在十字架上。他无疑是位卓越非凡的人，不过教会却将他宣扬成上帝的儿子。

上帝依照自己的意愿先创造了人类，这件事对珍妮不具意义。而当人类要行使自由意志时，上帝却愤怒地在他原谅人类之前让自己的儿子被钉上十字架。

这难道不是一九八三年复活节给珍妮·哈勒斯塔的基督教讯息

吗？一旦她相信这是上帝的礼物，耶稣被钉十字架是上帝的礼物，作为亚当夏娃糟蹋上帝赠品的忏悔——那么她便同时从上帝的怒气中解脱出来，不再永劫沉沦……

珍妮根本不相信这样一个神。

珍妮从不信教。珍妮是病了，但疾病并没有耗弱她的理智。最近几天她全神贯注从收音机里听了十五次布道，仿佛上了一次基督教速成班，或是一系列的复习课程，因为每一次个别的布道总是包含全部的教义。

这些圣经学者显然非常希望昭告天下，他们熟悉自己的专业领域，而且他们在各个方面都是正统的。但所有的基督教教义，从亚当夏娃到约翰尼斯的启示，在五分钟或十分钟内宣扬完毕，再也没有多余的空间留给爱与理性，因此便也无法抚慰把行李置于脚间、坐在诺得尼斯看着阿斯克渡船的珍妮。

珍妮不得不想点别的事情，想些发生在异国苍穹下的事，想些具体、振奋人心的、比较符合一位罹患癌症的化学硕士的事。

她想起贵族子弟悉达多的美丽故事。他过着无忧无虑的奢华生活，直到恍然大悟看见世间的苦难……

强尼最后的音讯是发自斯德哥尔摩的一封长信，他在那儿观赏了一出佛陀传奇的芭蕾舞剧。看完信后，珍妮马上到书店寻找有关佛教的书。她不大清楚自己是因为强尼还是因为佛陀而这样做。

佛陀并非救世主或者神之子，他像珍妮一样只是个人。

一出生，便有人对他父亲预言，这个孩子不是统治世界便是放弃世界，无论如何非此即彼。假若他经历世界的困厄与痛苦，必定会放弃世界。为了不让这事发生，父亲将他与宫廷外面的世界隔离，同时用欢笑与娱乐将他紧紧围绕。

然而悉达多并不就此满足于皇宫里的温室生活：在城墙外他看见了一位白发老者、一个病人以及一具腐烂的尸体……

与驼背白发老翁的相会为悉达多指出，衰老是全体人类必须面对的命运；痛苦病患的外貌，向他道出了一个问题，人是否可以免于疾病与苦难；尸体则使这位年轻的王子想到，人类终将一死，即使是最幸运的人也难逃短暂的命运。

经过这次令人极度沮丧的事情后，悉达多发现一位面带喜悦与幸福的苦行僧，随即领悟到，财富与享乐终究是场空。他问自己：世上是否有使人免于衰老、疾病与死亡的东西？

悉达多非常同情他的同胞，觉得自己有责任为人类指出脱离苦海的路。他陷入深深的沉思回到皇宫，当晚便毅然决然放弃王子舒适的生活，成为一位无家可归者。

经过六年四处流浪的苦行生活后，悉达多在尼兰迦纳河畔一棵无花果树下坐了下来。这里，就在这里他历经自己的"复活"。三十五年浑浑噩噩的日子过后，悉达多了解到世间的苦难来自于生活中的欲望。现在的他，成为"佛陀"，成为一位顿悟者……

珍妮感受到彼此的相似性。她现在约摸是悉达多当时的年纪。她不也曾活在满意的黄金牢笼里，免受痛苦、死亡与知识的侵扰？不也曾在三十六年的岁月里，像个梦游者一样地活着？生活里的欲望不也曾迷惑她所有的感官？难道她不是刚从漫长的昏睡中醒过来？

佛陀不仅认清万事万物都逃不过短暂的命运，所以世间一切皆是苦的道理，也了解到还有别的事存在着。一些永恒的、不朽的事。一些超越时间空间等世间琐碎的事，一些只有完全扼杀生活欲望才能抵达的事……

佛陀已经到达彼岸，他征服世界，成为受人尊崇者。他从永恒的角度观看世界，达到涅槃的境界。

珍妮并不是位哲学家，她觉得自己是个实际主义者。她的世界观是由原子与分子，是由星球、太阳以及星云组成的。每一天都是从试管与量杯开始的。

一旦事情与她的世界观相悖，那么不外乎就是分析，然后再细分成更小的单位。但她很少想这么远……对佛陀学说浅薄的涉猎已经够她隐约捉摸出一种方式的整体性。一定有更大的关联性存在，珍妮想。她盯着布登峡湾看。一定有个地方，从那儿我可以看见自己与自己的命运。

究竟何谓"涅槃"？佛陀经历过的永恒与不朽是什么？它只是种想法？一种意念？还是一些可以抓得住的东西？

岬角前一位二十五岁左右的妈妈带着一个两三岁的小孩散着步。

珍妮没办法生小孩，但她也曾经是个小孩。就是这样，她也正是这样与自己的母亲一起嬉戏，搞不好也还是这个地方。想必以后在诺得尼斯还有许多的母亲与小孩也会这样地嬉戏着。

珍妮认为，从母亲与孩子的身上可以认出世代之间与性别之间的竞赛。

她有种感觉，自己并不只是自己，不只是个坐在这里、脚间还放了个白色行李箱的女子。她自己好像也是这个母亲，也是这个小孩。自己似乎置身于围绕在身边的树中，置身于她正躺在上面的草里、在鸟儿的歌咏里，甚至是她坐于其上的椅子里。

那并不是遥远的、神祇的，而是与眼前及当下有关的，因为佛陀就在一棵无花果树下究竟涅槃，于尼兰迦纳河畔……

她远望峡湾上的阿斯克渡轮，往返于诺得尼斯与阿斯克间，船上大概有几百人。但对珍妮而言，渡轮就像迷你风景画中的玩具船。

百人挤在一艘船上，由同一个龙骨、同一种动力所承载。

珍妮幻想自己也置身船中，站在远远航行于峡湾的船上，假想着自己坐在诺得尼斯，殷切地等候自己的到来。

有一会儿时间她不知道自己刚才到哪儿去了。她在渡轮的甲板上，在诺得尼斯，在兰达斯、米欧菲尔，在奥斯陆，在妹妹家中，在医院的放射科里……

若不留心时间，她就会出现在所有的地方，甚至是月球上。她无所不在。

她想到自己一九七五年飞越欧洲上空。人类远在地面，以至于看不见他们，但她还是随处可以发现他们的踪迹。她望见城市与农田，像黄色的、绿色的和灰色的方块。希腊、南斯拉夫、奥地利、德国、丹麦，以及古老的挪威。从一万米高度往下望，看不见任何国界，这片绿色的欧洲大陆……

她也看见了地球的照片，从月球上拍摄的，或是从太空中很远的地方。一颗蓝色的星球。

从远处，所有的生命都属于同一星体，像唯一一个具有生命迹象的有机体，一个罕见的物体：一个位于空旷空间中活力十足的物体。

当宇航员从月球拍摄地球的照片出现时，谁曾注意过珍妮与她的命运？数十亿的蚂蚁中，一只又算得了什么？

然而，珍妮在某种程度上用她的意识环抱整个世界。

我一死，她想，整个世界便随着我灭亡，而另一个世界就会由另一个人继承下去。

世界就在这里，就在当下，几个星期或几个月后它就消失了……

一只麻雀扑扑飞至，在她身旁的椅子上停了下来。它在那儿停了一会儿，四处张望，然后又振翅高飞。

■

# 四　月

又有一艘阿斯克渡轮经过。珍妮从椅子上起身，提起白色旅行箱，往城里走去。

四月。绿油油的草坪，把眼睛都刺痛了。有些花坛上开满雪花莲、藏红花与水仙花。光秃的桦木已覆满淡紫色的菌幕，枝梢可见刚冒出头的嫩绿芽叶。一星期后，这些桦木将披上整身的绿衣……

四月。真不可思议，珍妮想，几星期内数吨鲜绿、充满生命力的物质将从死气沉沉的黑暗大地纷纷复苏。

四月。她又想到了复活节，想到了死亡与复活。想到撒在土壤里的谷子，最后也会腐坏……

珍妮慢慢走过弗利德立博，走向位于修道院与布登峡湾之间的老旧木屋。

绿草如茵。树林。一位拄着拐杖的老者。叽叽喳喳的孩童笑语。夕照穿透云层。

珍妮将所有的印象深深放入心里。

永别了，她悲伤而沉重地想着。再会了，卑尔根；再会了，欣欣向荣的大地；再会了，太阳与晴空……我现在得退场，我的时间到了。我将消失。不是只有一两个星期，而是永久。永远。

她突然了解到永恒这个词代表的意义，就在刹那间她了解了它的真义。珍妮历经了永恒。

这里是我的世界，三十六年长。不对，是数百年那么久，她从来不觉得自己比乌立克山还年轻。这世界曾是我的世界，是我为它画上缤纷的颜色，它是如此紧密地存在于我的意识中。

可能还有其他的世界，在别的地方，或是在别的时间。也许两者兼而有之。但珍妮参与的是这个世界，一个由山谷、峡湾和山脉，由沙漠、海洋与热带丛林组成的世界，有马、牛、山羊、犀牛、大象及长颈鹿，有藏红花、雪花莲与芙蓉、柳橙、李子与醋栗……还有人，女人和男人。珍妮从最近的距离体验人类，她有了第四种的相遇方式。她本身就是个人类。

世界！

她短暂造访这个世界，以参与者、代表者、观察者的身份。

她还有多少个小时？

这其实一点儿意义都没有，毕竟她还能往哪儿去？

喔，不，这是非常重要的。她还剩下多少的时间可以活下去？可以存在？

再给我一次生命，珍妮心里想着。给我一个健康的身体，将我的青春还给我。

给我们巴拉巴①！

珍妮是这次复活节的献祭品，她将世界的苦难扛在自己的肩上。

"万籁俱寂时，可以听见自己的心跳……不论是爬行或行走，不论我们是否完全迷失自己：我们活着！"

现在她又在市中心了。

往常星期二晚上的这个时间，她可能会前往威瑟都尔餐厅，之后再搭公交车到阿萨勒去。她常会在餐厅遇见熟人，与人聊天……

但现在并不是一般平常的星期二晚上，然而她还是决定去看威瑟都尔餐厅最后一眼。并非想见到熟人，而是想在她转身离开卑尔根，前往奥斯陆之前，最后一次浸浴在人群中。

她蹑手蹑脚走过衣帽间，免得要把箱子与外套交出去。一手箱子，一手皮包，在烟雾弥漫酒馆里的桌子间找一条可以走的路。今天她不期望遇见熟人，只想设法捕捉酒馆气氛、咖啡生活的概貌……

今天是伟大的"看啊，我晒得多黑"之日，不过还是看得到一张

---

① 巴拉巴：Barabbas，因耶稣代其受刑而获得释放的盗匪。

　　　　　　　　　　　　　　　　　　　　诊　断

张苍白的脸孔，但这些苍白的脸孔就像是少数民族一样。复活节后第一个工作日还有人拿着行李箱，在威瑟都尔餐厅的桌子间穿梭来去是相当正常的事。可是不自然而且几近诡异的却是，行李箱与苍白无血色的脸孔所形成的组合。

珍妮却不为所动。她身上没有防晒油，也没有煤油或桦木的味道，看起来也不像在寻找猎物。

不可避免地看见有人把头聚拢在一起，窃窃私语，咯咯笑着；互相卖弄风情，交换彼此的假期趣闻。看见他们炫耀自身的孔雀羽毛，不停地自我吹嘘，真的是件很不舒服甚至怪异的事。

看一下我的鼻尖嘛！我的肚皮甚至也晒黑了一点儿……我的小腿是不是都变成麦芽色了？你知道吗？我们认识了一位老师和一位医生……他们住在一栋大房子里……有三温暖，你知道吗……而且……有几天特别热，所以我们光着上身做日光浴！

短视狭隘之人，珍妮想。外套下的身体颤抖着。

几个星期前她不过也还是其中之一，但现在他们对她而言好陌生，她觉得自己现在好像坐在一座高山上，仿佛置身在宇宙中的某一处。

她害怕发现认识的人，所以没多久便离开了餐厅。

珍妮在诺格旅馆前的摩托车阵里开出一条路，横越费斯拉思街，沿着立利街走向公交车站。下面海岸边有对热吻的情侣，他们站在那边看起来不是很舒服，珍妮想。看起来很费力的样子。天气很冷，不可否认的是也有点怪异。两个四肢舒展的动物彼此抚摸拥吻搔痒揉捏。他们的欲望归因于他们分属不同性别的人类的事实。

但是，她非常了解他们，因为她自己也曾是这样一个人……

机场公交车半小时后才出发，但一辆平常驶向弗列斯兰的公交车马上就要开了。

第一次她真的意识到自己的身体病了，通往十八号公交车道的地下通道似乎永无止境，而且她还必须走上一道陡峭的阶梯。在公交车里，她放好自己的行李，同时在皮包内翻找着车票。

她太专注在死亡上面，以至把自己的病情完全抛在脑后，现在她注意到自己有多虚弱。

"对不起，您不舒服吗?"

说话的人是司机。这是她在莱玛斯咖啡馆遭到西莉的奇袭后，第一次有人和她说话。

珍妮觉得一阵温暖的感激之情在体内涌现。

"什么? 喔，不，不，都没问题了。我只是有点累，非常感谢您。很抱歉。"

她真的很想抱住他，请求他的协助与同情。或是倒在引擎盖上，放声大哭。

她——也许是在成人生涯中首次——完全没顾虑到自己的外表。早上甚至还忘了上眼影。

诊断

她觉得自己不仅脸色苍白，不修边幅，也许她的脸还透露着恐惧、绝望、沮丧及激动。以为所有人都看不见自己内心的想法实在是太天真。

童年时那种所有看着她的人都可以读出她心思的熟悉感觉又出现了。


## ■ 世　界

珍妮一直很喜欢搭公交车。

她喜欢坐在窗户旁欣赏沿途的风景，群山、峡湾、房舍、橱窗、人群……

仿佛是翻阅一本书。

她可以不受打扰坐在这里偷听别人说话，也不用为自己的行为辩解。

珍妮精神最集中的时候，该是每天从卑尔根到阿萨勒之间的公交车路程。当她的思想偶尔绕着经济与日常琐事以外的问题打转时，就会在公交车内开始她的赏景之旅。

她在这儿迎接晨曦，观赏日落。就在这儿，她想到人并不能永远活下去的谬论。

现在她坐在一位母亲和她爱讲话的六岁或七岁小男孩后面。

小男孩刚走到熟悉现实生活的人生阶段，世界不再是崭新未知。他或许会再发现新奇的事情，但世界早就不提供惊奇的理由了。它停止持续的自由。

两排座位前有个两岁的小女孩坐在爸爸的腿上，她忽而玩扯着爸爸的胡子，忽而挣离爸爸的怀抱，兴奋地指着窗外。

小女孩与七岁男孩比起来完全是截然不同的生物。她正处在神秘的年纪，对她来说，世界就如上帝休憩的第七日一般新鲜。小女孩眼中的一切都是好的。

要是司机为了自己能飘浮在公交车顶端，突然把公交车改为自动驾驶，小女孩或许会指着他说："看啊，爸爸，那个人在飞！"

或许这个三十几岁像是高中老师或社会教育家的爸爸却反而被这个情况吓了一跳。道理很简单，因为在他三十几年的生命当中，从来没碰到过类似事件。没错，这就是原因。

两岁小女孩此刻正指着一辆闪着蓝灯、警笛长鸣的救护车。救护车朝着索瑞得的方向从公交车旁呼啸而去。一切对小女孩而言都是前所未闻的。

爸爸还是顺着小女孩手指的方向望去，但他这么做无非是出于教育的考量，因而参与自己女儿的经验。他这辈子已经看过太多的救护车了！

小女孩还没坐好，马上又离开爸爸怀抱，兴奋忘我地指着一匹站在大栅栏前的马。

"哇，喔!"她叫着。

"马，卡蜜拉，那是一匹马。"

这位高中老师说得没错。

如果他透过窗户看见的是一只袋鼠，想必会搔搔脑袋——只不过，他已经往来这条路许多次，却从来没遇见袋鼠。

但小女孩却可能又会兴奋地"哇，喔"大叫。

看见袋鼠不多不少也许会让珍妮兴奋莫名，但她的动物学知识还嫌不足。

其实她在这一刻看见的是一只袋鼠，前面的肚袋里有只小袋鼠。或者是一只大象，一只粉红色的大象，有着金色和银色的翅膀……

小卡蜜拉沉醉在自己的童话中，而一位高中教师最多只会沉醉在空气中突然充满小天使的童话中。

病危意味记忆的极度敏锐化。珍妮突然不断地回忆起童年往事，以至她能毫无困难地体会两岁小女孩对眼前事物充满惊奇的心态。

虽然这是最后一次，但她却有种第一次看见世界的感觉。其实不都一样吗？就像前排的小女孩一样，她也站在世界最边缘的界线上。

珍妮望向窗外。

芳草萋萋，远山高峻，轮廓鲜明，向晚的天空挥洒出耀眼的蓝，人与动物皆生气勃勃。

世界仿佛是几分钟前才形成的，好像一位魔术师不费吹灰之力便将它创造出来。

高耸的山坡上还留有几处残雪，那是上一年最后的问候。

来自生命……

珍妮或许再也看不见白雪纷纷扬扬的景象。她的循环已被打断，最后一个回合已然开始。

雪！

珍妮还记得第一次看见地上白色东西的情景，就在世界的初冬清晨，粗粒白霜堆成的厚毯像一块冰冻的布覆盖一切。

"糖！"她大叫。

她从手推车上直起身，放纵地朝空中挥舞双手。

"糖！"

之前她从未见识过这个壮丽景象。其实她除了看见白雪结晶后的风景外，什么也没看到。

世界是个谜，珍妮这时想，但我们长大成人后，便习惯了这个谜团，一直到人生终点再也没有什么是捉摸不定的，世界变得清晰可靠。在夺取世界本身的表象事物前，要三思而行。想把世界当成奥秘来体验，必须不断地深化自我……

难道这不奇怪吗？

唯一真正的奥秘是我们眼睛所见，但却也是唯一从未被人提及的。所有的人都一样。可是这并非谈论的主题。

没有东西如玻璃般透明之物一样朦胧不清。没有什么事如我们每天所经历的事那样神秘玄妙。

我们在宇宙中的地球成长茁壮，在一颗飘浮的星球上，在一颗魔法球上。这里有海、有山、有树，以及涵盖生命所有形式与范围的小水洼。

田野里生长着生物，从土里、石缝与树间冒出头来，汇集在河流与大洋，飘扬在天地间的空气中。更有甚者：在这神秘星体上的生物意识到自己的存在。它张开手臂说："唷喔，现在我来了！"

然而接下来时候到了。我们习惯周遭的一切，表现得仿佛势必如此似的，我们将这星球上的生命视为存在最理性的形式。也许我们把恐龙当成珍禽异兽，也只是因为它们绝种了。

三四年级的时候，珍妮还觉得住在澳洲的人不会从地球跌下来是件令人惊奇的事。相反的，澳洲人倘若真的掉入太空中的话，同样也会让她愕然不已。

当时她对"自然法则"究竟懂多少——自然法则，到底是什么？

卡蜜拉与"哇，喔！"让珍妮想起阅览室与工作小组。

十五或二十年前，她为了准备考试熟读了安·倪斯两册的《哲学史》（Geschichte der Philosophie）。她只记得起一句话——或许是因为第一眼她就觉得这句话是真理的关系："先存于感官之物才能进入意识。"

某一位哲学家讲了类似的话，现在她又想起这句话。对她而言它似乎是关乎世界之事的核心。

我们身负众多的期望来到世界，这些期望也许会也许不会实现。就这方面而言，我们可能会接受任何一种世界秩序。

相对于某一类童话，现实不提供任何一种合乎理性的优点。从逻辑的观点言之，所有的世界秩序都可能或不可能存在。而人类天生便拥有无法置信的适应能力。我们能够天天活在现实当中，不丧失理智，没错，也就是能够不动任何声色，是因为唯有现实才是真实，唯有现实才是事实。

一旦没有支持现实存在的证据，究竟还有谁会相信现实？

世界，珍妮想着，世界成为习惯。一切都变得夸大不实。奇迹一而再再而三地出现时，我们必将变得麻木，最后，无法目睹世界存在的那天终将来临。只有在与我们的期望相较之下，有些事才显得扑朔迷离、模糊不清。只有当这一长串的期望破灭，我们才会非常惊讶。为了能切身感受存在的事实，我们必须先体验"超自然"。

珍妮再次望向车窗外。

索瑞得。卑尔根南方十公里的一处小地方。一些店家，一所学校，外加一间邮局。下班后的空荡夜晚，珍妮像个小孩敏锐地观看一切。

唯一更能让世界被掌握的除了狂傲不羁的想象力外，就是它存在的事实。尽管如此，差别在于对理智而言，索瑞得就像是爱丽丝的仙境般那样不可思议。

某位哲学家也发表过类似的言论，伟大的奥秘不在于世界的形貌，而在于世界就是世界。

当初珍妮准备哲学考试的时候记住了这个论点。这句话似乎概括了想象得到的一切。

但她在往后几年再也没想起过。她太忙着过日子。世界本身不是个让人每天绞尽脑汁的议题。

可是突然患了癌症，看事情的角度又全然不同了。而世界、生命与死亡等字眼也变得有分量。癌症病患常会培养出对存在这个伟大命题的细微感受力，许多人甚至坚称它是病况的一部分。

然而在维瑟史都，这些想法却并不列入议事日程里。芬泽的医生与参议教师一点儿也不熟悉这些念头。因为他们太健康，因为他们有点太动物了。

他们与牛羊究竟有何区别？他们就只是杵在那儿，毫无知觉，一步也不懂得退。

若地球上只有一种性别的话，西莉还能在芬泽干吗？或许她数着天上的星星，或许昂着脑袋望向太空，也或许她发现了自身的存在，于是问自己从何而来。

珍妮没有自我意识，几乎像个卡通人物般走过她整个生命路途。就只有那么不寻常的一次，自我存在的意识像阵寒战流过她的身体。

人顶多活个八十或九十年，她现在正想着。代代相传……终将一死……活不长久……在人际关系的互动中充满不胜枚举的空洞言语。

如果人的寿命只有三四年，我们也得乖乖认命。然后认命可能就变成了我们的本性。反过来说，就算我们能活到一千或一万年，末日来临时，可能也还是不满足。

三十六岁……

永恒中的一日，时间里的弹指一响。珍妮不觉得自己长大成人，她一直是个初生之犊。

然而，她也不再羡慕别人多那么一些卑微日子的宽限日期，不论还能活一个星期或是一千年，基本上已经无关痛痒，反正总有一天生命都会停止……毕竟还有比准确的死亡时辰更重要的问题，还有比与时间讨价还价更要紧的事。

不是我病了，她想。是世界生了病，因为终究"发生的一切必然走向毁灭"。

佛陀说世上一切皆苦难困厄也是这个意思。世上有许多美好事物，有许多事我们会慢慢喜欢上，但我们喜爱的与追求的事没有一件能永恒不变。

是否有种特效药可以克服她失去自己的恐惧？难道没有可以抑止她生活贪欲，浇熄她生命饥渴的万灵丹？就没有比存在与否更须注意的观点吗？

珍妮站在世界最后的前哨研究这个命题。

.

# 星　星

公交车停在机场大楼前。

车上只剩下三个旅客，珍妮、卡蜜拉与她爸爸。他们在找自己的行李。

坐过此生最漫长的公交车后，珍妮觉得自己好像已经认识这两个人一辈子了。他们比西莉、朗希德与实验室的同事更贴近她的心。他们的关系不仅仅只是同行的乘客。他们是同类。

珍妮将绿色外套扔到一只手臂上，另一只手从行李舱中拿出行李。司机关上车门，踩下油门，扬长而去。

索瑞得与卑尔根之间的天色已暗。地球自转了几度，把太阳抛到地平线后方。机场边缘的红色航行灯证明珍妮将活到二十世纪末。

珍妮拖着沉重的步伐踱向入口。

起飞……出发。

低矮的机场大楼上方，她看见第一颗晚星宛若浅蓝色的小点浸淫在朦胧天色里。

遥远的太阳，却是我们在宇宙中最近的邻居。

珍妮将丧生在绕着银河一千亿颗星星之一运行的星球上了。在银河之外，远超过珍妮所能想象，还有亿万个银河外星系。

死亡近在眼前，群星远在天边。

有段时期珍妮对天文学兴致盎然。从中学一直到前往特隆赫姆念化学之间，她像着了魔般地阅读搜罗得到的天文书籍。

珍妮知道宇宙中所有物质构成一个有机单位，也了解所有物质在史前时代密聚成一团异常坚实的块状物，所以一个大头针的针头可以重达数十亿公吨。她晓得由于巨大的重力使得最初的原子发生爆炸，同时也明白自己目前立身的宇宙正是爆炸的结果。尤有甚者，她清楚所有的银河星系总是以无法估量的速度相互分离。

中学时，珍妮曾有一次将坐标对准时间与空间测出自己的方位。她学会了与专断的事件打交道，这些事是身为地球上的人类早晚要面对的。之后地球上的生活把她抓得越来越紧。

珍妮看着悬挂在卑尔根机场上方的一颗星。她知晓这星光在一九八三年四月五日晚上九点与她的眼光相会之前，早已走了数十亿公里的路了。

星光需要时间来完成漫长的旅程。珍妮体内脉动一次，星光便已穿梭夜晚延伸十万公里之遥。但它需要日、月与年那么长的时间。十年，百年，千年……

望向太空，意味回溯以往。我们看见的宇宙并不是它现在的样子，而是很久以前的面貌。

假若天文望远镜可以捕捉到距离我们数十亿光年外的银河系星光，那它就能勾勒出宇宙在史前时代原爆后的蓝图，因为宇宙不认识不受时光限制的地理学。宇宙是一个事件。宇宙是一次爆炸。

望向太空意味漫游时光。珍妮就是知道这一点。她十七岁以后就知道了。

人类在天空中看见的一切是数千岁和数百万岁的古怪化石。占星家预测的一切发生在过去。

当一位患了癌症的化学硕士从庸碌的地球生活抬眼仰望，将目光焦点定在宇宙，她看见的是宇宙历史的回顾。在一个清朗的夜色中，她看见数百万、数十亿年前的过往。在某种程度上她往前回顾了自己最初的古怪起源。

小时候，珍妮一想到宇宙的浩瀚无垠常会头晕。

爸爸曾向她解释世界是颗微球，绕着太阳运转。太阳是颗星星，远在天之外还有数百万颗这样的太阳。

那在这些星星外呢？又是数百万颗新的星星。那它们外面呢？

通过阅读珍妮发现一项事实，书里所指的是一个老旧的世界观。宇宙并非无穷无尽。它是很大，但不是无穷无尽。

一想到这么大的问题头还会不晕吗？宇宙有限，而现实是个滥觞于绝对虚无的神秘庞然大物？

走向机场大厅时，珍妮不由得想起一位在书本上认识的天文学家，他曾计算过宇宙银河星系的总数。而且，他不只算出天幕上的星星，还更进一步估计了宇宙中基本粒子的数量，确定了宇宙的重量。

想到这件事着实让珍妮兴奋不已。

现实，珍妮想着，现实是个可以用特定公斤数据称的物体。

一大团的宇宙瞬间分裂成范围硕大的数十亿银河星系，但并非总是一成不变。远古时期的某个时间，一百亿或一百五十亿年前，宇宙中的团块形成唯一的物体。当初唯一的物体建立现实。

天空中全部的星星与银河星系起源于同一物质。有时其中一些密聚成形，一个银河系与另一个之间可能相距数十亿光年，但却系出同门，属于同一种族……

世界物质究竟为何？

数十亿年前爆炸的东西是什么？从何而来？

这个问题深深震撼着珍妮。因为她自己正是由此而生。

## 酒　精

"我要拿机票，到奥斯陆，晚上十点二十分。"

"您的订位代号是?"

"订……"

"您订位时没有告知您订位代号吗?"

"有……等一下……请您等等……我找一下……XZ812。"

"哈特勒斯?"

"对，珍妮·哈特勒斯。"

"一共是五百九十二克朗。"

珍妮用卑尔根银行的支票付了机票钱。

她已经很久没来机场。她想这可能是她这辈子最后一次搭飞机出门，也可能是最后一次签支票了。

"我的行李该怎么办?"

"请到对面柜台办理。"

珍妮穿越机场大厅。柜台有两位工作人员，一位是年约三十岁油腔滑调的女人，以及一位与珍妮同年却同样滑头的男人，两个人好像才上完接待礼仪课程似的。珍妮决定到男士那边。

"我马上看一下。"珍妮递上机票时他说，"不过，我都总是等到可以查验票的时候。"

她又再次被看透，这是一天中的第二次。当然每个人都看得出来她病了。

她不解地望着这男人，咧着嘴笑得亮灿灿。

"珍妮！"他说，"难道你对我一点儿印象都没有了吗?"

"……"

"嘿，看着我的眼睛……"

"啊，安德斯！哎呀……我在想事情没注意到你。安德斯·罗斯塔肯。"

"没错，一九六六年毕业考完后我送你回家，那时候真不是盖的!"

"已经十七年了……"

"你不是结婚了吗? 跟特隆赫姆那个搞戏剧的?"

"对，不过后来离婚了……"

"那现在呢?"

"什么? 现在?"

"现在又恢复自由之身了?"

自由。珍妮一时无法会意过来。即使如此，她还是知道自己被激怒了。一个人"自由"到底意味着什么?

"你要到奥斯陆？在那儿有什么事要办吗？"

"对，到奥斯陆。"

"出差？"

珍妮觉得自己的火气一直往上冒，也许这正是她目前需要的，好让脸颊红润些，促进血液循环。

"我要参加一个会议……在赫尔辛基。"

"真有趣！跟什么有关啊？"

"肾上腺素，合成肾上腺素。"

她借此摆脱他。他仍咧着嘴诡异地笑着，递给她登记证。"一路顺风，珍妮。你知道吗，以前我还有点爱上你……"

她僵硬地笑了笑，然后转身不理他。他还一直沉浸在高中时代的感怀中。

机场大厅中一水儿都是重要人物。复活节旅客与呆板商人相互混杂。商人占了多数，企鹅带着雨伞与公文包……

珍妮看透他们。

她走向咖啡厅。她是不是该给自己买杯金巴利？

有件事是可以确定的，她负担得起一杯金巴利，珍妮还没让自己这么奢侈过。

金巴利……

几周前，她还将金巴利称之为神之佳酿，那是种豪华饮品，她很少让自己碰它。红酒对她而言已经够奢侈了……

为什么她不给自己买杯金巴利呢？然后一杯再一杯，接着再以一杯波图尔葡萄酒画下完美的句点。嗯，何不干脆就在往奥斯陆的路途中来个酩酊大醉？她的确有充分的理由这样做，那一定对她有益。妹妹可以谅解的……

以前珍妮也曾偶尔抱着酒瓶不放，尤其是刚与强尼分手后那段时间。强尼有段时间沉迷酒精，常喝得烂醉如泥，因而破坏了她对酒的胃口。之后她才仔细地把所有错过的事补回来。最后她虽控制住了自己，但每周喝个几瓶红酒仍属正常，只是独饮时的量与朋友一起喝的时候一样多。

酒有种佯谬的特性。它紧密联系她与周遭环境，同时却与一切保持距离，一种为了能够将世界视为一个整体的必要距离。

一瓶红酒下肚后，珍妮将世界推到与自己相等的距离，所以才看得清楚世界。有时珍妮走到窗边，久久盯着窗外。外面没有房子、树梢与行人，这对当下的她似乎一点儿也不重要。也许正因为她飘浮于一切之上……

幸运的话，她一般会想到生命、宇宙与太空，想到自己身为整体的一分子。

她不是很清楚，究竟是自己的个性还是酒的特性使她产生那种想法，因为隔天这些念头便销声匿迹。

隔天她不得不觉悟，全世界的俗不可耐仍紧紧烦扰纠缠着她。这么些烦扰万千的琐事，令前一夜曾拥有的温暖急速消逝。

酒同时也教会珍妮冷静自持面对生活里的变化。白天她也许比夜晚更能看清细枝末节，但这也付出失去一览整体、纵观全局的代价。倘若真有"整体"存在的话，倘若并非只是抽象概念的话。这全都拜酒精之赐……

一杯下肚后，甚至是死亡好像也变得可爱亲切了……

酒最重要的特性或许是激起宽容。不是退让，不是软弱。那不是酒的本质。酒能引起更积极、更正面的宽容性格，去谅解……去融合。

喝到半瓶时她想，等喝完一瓶我要迎战这诊断，这死亡宣判。随后她才能决定是要一步步度过一切，还是马上做个了结。酒将一切覆盖在和解的羽翼下……

珍妮此刻站在弗列斯兰机场的咖啡店中寻思，是否该喝杯金巴利。她决定不喝，现在她想要保持清醒。

但目前的问题却不是保持清醒，事实是她觉得自己不够清醒冷静。若有种可以让人喝了之后更加冷静清醒的饮料，她一定会给自己买一杯。为何至今尚无人发明这种饮料呢？

珍妮在机场大厅里四处张望着。

有些企鹅窝在冷飕飕的酒馆里，面前放了杯啤酒或咖啡，俯身在他们的公文包上或藏身在报纸后面。大部分的人匆忙地走来奔去，机械的像是老旧默片里的画面。

他们是现代人，却让珍妮想到机器人，一组接一组被射向其他的城市。

外头星光璀璨，也许还很冷，但里头却更冷，一阵冷冽刺骨的寒风吹拂过往的行人。

夜色吸引珍妮往外头去。在机场大厅中找不到温暖慰藉，找不到宽容，找不到谅解。

出去！她想，走入夜色中！

时针指着九点多，离飞机起飞还有一个多小时。

若错过今晚的飞机，明天早上一定还有班机。

现在，她只要顾好自己就行了。


.

## 认　知


外头几乎伸手不见五指。四月的夜空繁星如织，地上的每一盏灯内闪烁着千分之一瓦的灯泡。

珍妮经过公交车与出租车，步履稍快却扎实坚定。她横越街道，往桦木林走去。

昏暗中的桦木林像座战备坚固的灌木丛，但珍妮发现，还是有条小路往林中蜿蜒而去。

她闻到春天酸涩的味道，腐烂的泥土味，却也交织着初芽生命的甜美气息。这些都让她想起生存的起源……

她抚摸着树干，碰触空中的枝丫，轻抚稚嫩的蓓蕾，然后站着久久不动，围抱一棵光秃的树干。

这是我的世界，她想。它看起来是这样子……

她往深处走，直到机场的灯光没入远方。飞机强力引擎的轰隆巨响来自一个与她毫无瓜葛的世界。

她到达一处林中空地，坐到树墩上，抓起一把青草，感受指间冰冷的泥土。然后举起一块地上的大石头放在腿上，如此沉重。抚摸着它，心情不觉地舒畅起来。它是这么地密实、坚固。

她觉得自己用石头将整个夜、整个世界往上高举……

我即世界……

珍妮没醉，只是病了。现在的她清醒无比。

我终会死，珍妮想。但我不单单只是一个在"现实迷路的访客"，我即现实。

黝黑的树梢在暗沉夜空中画出一道道模糊的影子，如果再暗些，天与地便融成一片了。

我不存在于世界的某一个角落。我即世界。

她大声地对自己说：我即世界。

她以前就想过世界是种奥秘，是团谜，而这谜团与她有关。可是现在，现在它不再只是种概念，而是撼人心神的认知，让她坚信不移。

她也曾有过与万事万物声息相通的模糊感应，有时是因为喝了酒才会产生这种感觉。但她却无法完全摆脱自己只是某一种生物陷入在某一个现实里的印象。她与其他事物间存在着难以逾越的鸿沟。

既有的世界属于我，她想，属于我，却不是我的。世界就是我。

为了体会这么简单的认知，她历经多少险阻困厄的道路！宇宙中究竟是否存在着更浅显易懂的知识呢？是否可能灵光一现便能茅塞顿开？

比起那拥有千年悠久传统，并使得现实加倍复杂深奥的基督教神话，这种思想难道不是无比简单吗？

我即一切存在之物。我是极少数被允许以整体、以人的身份见证与经历万有一切的人。

这一刻她似乎代表整体现实。

夜晚树梢上的星星如银针般耀眼灿烂，星光如紧绷的弦往复于天地之间，因而将宇宙编织成形。

珍妮拿起腿上的石头放回地上。

有种莫名的东西促使她从树墩上起身。不是她自己要站起来，

　　　　　　　　　　　　　　　　　　　诊　断

而是她的身体自己做了这个动作。某种冲动让她跳了起来，来自她下方。

她走了几步却感受不到自己的重量，因为她不仅是自己，也变成了土地。

她仿佛涉水而行。底下是海，四面都是海。但她脚下的海洋，承载她重量的深处——是她自身的海洋、体内的深处。

她自我的一部分好像往外扩散，被吸入硕大广博之中。自己在某种程度上消失无踪，不再存在。似乎迷失了自己，如落入水面的水滴般转眼成空。

珍妮不存在了，可是同时她却也是整体。像落入海里的水滴变成了海洋，不再是个小水滴。

珍妮感受不到自身的重量，但却察觉到周遭的世界物质。天体。

树木、星辰、坐于其上的树墩、四周的树林。相属相生，合而为一。唯有表面才有区别。

她四周的一切形体像海面上的微波细浪。将一切往上推送的深处压力盘踞在一切之下。无底深渊的压力，一种渗现光芒的幽暗压力，一种满溢旋即又泄空的黑洞压力。

早年的珍妮属于激荡伏浮的表面，现在的她同时也潜在沉重、密实与沉默的深处。

海面的波浪已趋宁静。

如同身边茁壮高耸的树木一般，她也立于景色之中。她也是景色。

如手上拇指般真实明确——四周的景色也如自己身体般真实确切。

在她血管中涌动的生命力化身汁液在桦木内流窜奔驰。而一切，树木、石头、树墩、青草、土地与自己——一切都是一种意识，一缕精神。

她感受到意识从体内渗出、消失、发散。同时又觉得被它环绕，包裹在温暖汹涌的意识洪流里。

伟大的神！珍妮想。伟大的我！

她觉得自己从时间里割离出来。

时间？

时间与空间这类词汇不具意义。珍妮不在时间中，她置身时间与空间之外。

她的经历并非持续秒或年，而是持续秒与年。还更长，或更短。

世界，珍妮破茧而出的日常世界。

她满溢着无法言喻的幸福，再也没有任何愿望，再也无所求。不是因为她曾拥有向往的一切，而是她即一切。

"佛陀！"她低喃，"涅槃……"

一切又回归原来的面貌。

树还是树，石头还是石头，她曾坐过的树墩仍是林中树墩，星星仍从数千光年外张牙舞爪，而珍妮·哈特勒斯仍在前往奥斯陆的路途中，准备面对死亡。

刚刚拥抱她的温暖水过无痕，只留下烧毁的世界，一个满是冷酷灰烬的世界。

她的感受笔墨无法形容。但她相信自己刚才体验到某种真实具体之物。

四月冷冽的夜带给她的是一种崭新的知识，一种她这辈子都将深信不疑的真理。


■
# 大　笑

珍妮循路出了桦木林走回机场，十四天来第一次展露笑容，那不是快乐，那是狡黠调皮的笑容。

她差点扑哧笑出声来，几乎无法抑制住大笑的冲动。她仿佛听到了笑话的高潮。

事实上她发现了一个新领域。看见了中国盒子中别的小盒子，藏有金块的盒子。看见了俄罗斯娃娃里还有其他的娃娃，微笑旋转。她看透了一幅字谜画。

珍妮穿行城里时，体内的死亡恐惧肆虐猖獗。

这是个梦，她心里想。这是个噩梦，我一定会醒过来。但她没有醒过来，她一直都是清醒的。

然而她却觉醒着。

珍妮离开机场的时候神志清朗。她每天早上在阿赛纳家中睁开眼睛后思路总是有条不紊。但在这桦木林中她再次醒悟，更加清晰透彻。她整个生命如同一场梦。

魔法消失了，被判死刑的幻想破灭。

她至今的生活像幅天真的漫画，现实被分成不同的格子。现在一切糅合熔炼，格子不见了，一切合成一个整体。气流、意识、我……

珍妮是想象的牺牲品。她在镜屋中度过生命，扮演跳梁小丑。但现在，现在这荒谬的梦已灰飞烟灭。

现在的她不再被囚禁在患了癌症的身体里，因为她曾捧在手心的"自我"不是真正的自己。那只是表面的自己，虚幻的自己，梦想的自己，这"自我"此刻已溶解消逝了，因为她醒了。

真正的自我，内在的自我未被判处死刑，它不会消失殆尽，就像被砍掉一棵树，树林仍旧屹立不摇一样。

珍妮并非在一九四七年三月一日诞生于卑尔根。珍妮不是三十六岁。珍妮一直存在，将来也会继续活下去。

她远眺树梢顶上的星星，近在眼前。它们证明了珍妮的自我价值，因为珍妮就是星星，是她立于其上的大地。

所以死有何惧呢？

她即现实！

她不久前才领悟到这一点！

并非所有人都能有此领悟。

然而要对别人解释却是白费力气。他们勤奋地在网中奔波来去，深深地陷溺在幻象之中。魔法紧紧摄住他们的魂魄，他们汲汲营营于自我，穷追烂缠着卑微可怜、漫无目标的"自我"。

但珍妮没有任何损失，要摆脱这些也毫不费劲。这点她比别人幸运得多。

她站在世界最外围的前哨，几乎到达零点，必须置之死地才能柳暗花明。

她曾是世界！

这世界上最简单的句子，最自然不过的主张。然而，要介绍给别人却不可能！

与颠扑不破的死亡之光比，言语又算得了什么？因为珍妮，珍妮已经死去。在树林里便往生了，像吻上大海而后死去的水滴。

但那却是超越死亡的死亡。林中之死，让肉体的消逝成为比吞维生素还微不足道的问题。

她曾迷失自我，珍妮·哈特勒斯，如今她完全泰然自若。死亡已经太迟。

珍妮的体认没人能拿得走。然而那非私人经验。

私人!

这个词让她想起以前的卡通世界。唐老鸭的话。

具有普遍的特性,昭然若揭,浅显易懂,永久适用。因为它不就坦诚赤裸地展现在大家面前吗?

神秘之处在于日子本身,在于现实、宇宙与天体。

今晚珍妮·哈特勒斯第二度走向机场大楼,但这次不再垂头丧气,而是抬头挺胸,昂首阔步,自负傲然。

低矮的大楼上方星辉闪耀,仿如一百五十亿年前点燃的星星之火。

珍妮观察星空已有一辈子,却从不了解自己看到了什么。一点儿也没想要去理解。

她大量阅读银河、螺旋星云与超级新星,红脸巨人、白色侏儒与黑洞的书籍。她对此兴致高昂,就像别人喜好旧铜板与邮票一样。可是,她对宇宙的好奇心非一时兴起。二十年前还少不更事时,她后来在桦木林中发生的一切便有迹可循。她体内一直存有追求整体与和谐的欲望。

几个钟头前她还是个患了癌症的化学硕士,渴求轻柔的终结。现在她将先前的希望远抛在弗列斯兰机场上空的光年夜色中。早在双手合十前的数十亿年,她的祷告已经应允了。

珍妮为一丝星星之火,与日月星辰源出一处,同时也是粒微小的星尘。

世界的物质曾是单一躯干，是一体的，之后这躯体辐射往天际蔓延。

珍妮是一个分割的整体，贬入凡间的仙女。她是一百五十亿年前的爆裂之物，散成众多碎片，而在今夜又找回通往自我之路。

## 面　具

机场大厅中一水儿都是重要人物。复活节旅客与呆板商人相互混杂。晚班的飞机上商人甚至占了多数。企鹅带着雨伞与公文包。

珍妮看透他们。

长不大的人，她想。大衣下的身体颤抖着。

珍妮孤独地立于悠悠天地间，她与这些长不大的人之间无话可说。

让她害怕的是自己不再有孤单的感觉。

他们有灵魂吗？他们这些在这儿仓促奔波、机械化地像默片画面的人物有灵魂吗？

哦，没有，珍妮想。他们全都不曾拥有灵魂。他们不比蚂蚁窝里的蚂蚁拥有更多的灵魂。他们就是灵魂。就像梦中的白马王子不会拥有灵魂一样，灵魂是属于做梦者的。

机场大厅里没有数百缕灵魂在此逗留，只有许多张面具，但面具后藏了不可分割的自我。大家都是同一个灵魂的代表，一个因急功近利而被蒙蔽的灵魂。很明显的，他们对自己的存在毫无概念。

珍妮眯起眼看着所有的人。全都一样，他们是来自同一种族。

她有了变化。她再一次有了变化。忽然她对周遭这许多深陷强烈生命饥渴旋涡的幼稚心灵起了同情心。

看着他们汲汲营营追逐卑微的自我、表面的自我、幻想的自我，实在令人心痛。

沉住气，珍妮想着，放手吧！

一旦你们释放自己，将会获得一切。但必须得先回到原点，得先置之死地而后生。

要救命得先放手……种子落在土里，然后腐烂……

她多想抓住一个人，告诉他自己知道的一切。但她不能把一个拿着公文包与雨伞的过路商人叫来当面训斥一顿、紧盯他的眼睛，然后对他说：

"很抱歉，可是你难道真的不知道你自己就是现实，就是神吗？"

"什么？"

"你并非是群体的一个偶然成分，并非无足轻重……"

"什么？偶然？我一点儿都听不懂。"

"你就是一切。你是彻彻底底的宇宙。"

"你到底在说什么呀?"

"你不只是个现实的过客。你就是现实……"

"啊哈?哦,没错,或许在某种方式上。听起来很新奇……"

"但你是幻觉的牺牲品,被碎裂成块,与自我分离。"

"嗯哼……啊,我得画位了。"

之后她的目光落在柜台后安德斯·罗斯塔肯身上。他望过来,回她一脸温暖的笑容。今晚他还会与她说话,但不是他想的那样子。

她穿过大厅。

"你有足够的时间计划,珍妮……"

珍妮!她听见自己的名字时吓了一大跳。这么正常,这么理所当然。

"我去散了个步。"

"我看见了。你不把外套上的污泥弄干净吗?"

她完全忘了这档事。但这又让她想起其他的事。

"我会的,安德斯。我有些特殊经历……"

"是什么?"

"我说过我要到赫尔辛基……"

"没错,明天上午十一点五分往奥斯陆的SK484班机。"

他真关心。不过现在这一点儿意义也没有。

"我不到赫尔辛基，而是要到奥斯陆，好死在那边。"

"你在说什么?"

"你没听错。但没关系，那没什么意义。在桦木林里已经死过了……"

"你一直有点奇怪，珍妮。但现在我真的不太知道该怎么办。老实说，我觉得你有点绷太紧了。"

"你明白吗，我觉得迷失自己，在某种程度上我已消失。同时我却又是我身边的一切……顷刻之间我成了神了!"

"嘿，你还好吧?"

"是也不是，但那真的无关紧要，你听见了吗? 你也不是真的健康无恙。一弹指，便不见了。岁月流逝，你也随之毁灭。"

"不会这么快的，何况我身强体健。"

"这点我绝不羡慕。"

"哪一点?"

"我不羡慕你身体健康，一切良好。"

怎会这么困难呢? 她多想与别人分享自己费尽心血付出代价换来的知识，可是却反而与一个不太熟悉的男人陷入糟糕透顶的对话当中。

"喂，珍妮，听我说，把到奥斯陆的计划往后延，我可以把你的行李拿回来。你可以明天或改天再飞。你先到我家来，我住的地方离这儿不远，就在布隆特达冷。一起喝杯酒……我……我有瓶不错的威士忌，芝华士威士忌。"

"哦，没办法，亲爱的安德斯，这行不通。"

她不得不马上编起故事："我真的有点过度紧张，日后还有一段漫长的旅程等着我。我……我要飞往赫尔辛基参加会议，我有个演讲……明天晚上。"

"我忽然想到，你没有订从奥斯陆回卑尔根的机位？"

"我星期四要继续飞往莫斯科，一星期后要搭机到伊尔库次克，从那儿再坐火车穿越蒙古。我……我要到北京。"

"到北京？真的吗？"

"我有一个朋友……"

"你有个朋友？"

"……是挪威驻北京使馆的外交官，他为我安排了到西藏的行程。我将会在那儿待一阵子，学习佛法。"

"嘿，你在唬人吧？"

"我会住在一间寺庙里。最近我遇到一些事，我觉得自己是位佛教徒。"

谎言真容易呀。只是她说的话中，幻想的成分多于事实，但从某个角度来看，她也道出了真话。用一种他无法理解的语言。

"我想也是，因为你刚说的一切就像一团迷雾，令人费解。"

"听着，安德斯，西藏住了一位牧羊人，他现在正将一公升的羊奶倒入一口大铜罐里……"

"然后呢？"

"你不觉得自己仿若身临其境吗？不觉得自己是这牧羊人的一部分，而他也是你的一部分吗？"

"我相信你明天要飞往赫尔辛基，这听起来还有点道理。但你绝不会继续往东去。"

他饶富兴味地看着她，现在的他有点激动。

"你的生命似乎太无聊了。不知为何，把我当小丑耍显然让你乐不可支……阿瑟妈妈！"

"?"

"你该不会忘掉自己演过阿瑟妈妈了吧？我演的是强特伯爵。哈哈……阿瑟妈妈的美德……"

"我……"

"这已经是很久以前的事了。你现在也不是要到索尼欧莫力亚去……你觉得明天再走的建议如何？明天上午九点二十分有班机飞往奥斯陆，随后有班接驳机飞赫尔辛基，还有三十二个空位。我……我在电脑上查了一下。"

"我说过要继续往东去的，安德斯。我要迎着日出飞去，朝着散发所有光芒，却如夜般暗沉的大地去。地球也是黑漆漆一片，却生长着彩虹色彩的美丽花朵。这不是很珍贵吗？你难道从未思考过这问题吗？"

呼叫乘客登机的广播打断了她的话。

"搭乘奥斯陆SK328班机的旅客，请于五号登机口登机。"

"保重了，安德斯。我觉得与你分享了自己的生命经验。"

他又瞪大了眼睛望着她，看起来好像有点害怕。她补充说：

"有一天你会比较了解今天的谈话，或许就在秋天。可以确定的是，圣诞节之前一定可以懂的。"

她强调每一个字，但一切只是让他更迷惑。

"等等，你对我真的很重要，珍妮！我一周有五天的时间会在这儿，你只需打电话到挪威航空公司找我就行了！"

## 蜈　蚣

珍妮滑入人群，沉浮其中，身边的人散发出来的温暖，让她觉得很舒服。她仿佛看见自己就在他们之中，在他们每一个人的体内。

她不再只是她自己。现在的她，也是提着公文包的商人，是抱着婴儿的年轻妈妈，是公元二〇〇〇年十七岁的小孩子……

珍妮在奥斯陆，在赫尔辛基，在莫斯科的红场，正走向伊尔库次克火车站，骑着脚踏车穿越北京天安门广场，倚靠在拉萨布达拉宫的某扇窗旁……

千种画面、印象与情境如拼贴艺术栩栩如生地在她眼帘内跳动发光。人类生活的片断，似雪崩般向着珍妮排山倒海而来。

珍妮躺在婴儿车里在朗达斯逛街、珍妮受坚信礼、珍妮结婚、珍妮生了个小孩。

一次心脏手术后珍妮脱下橡胶手套。她推着牛拉的犁耕种贫瘠的田地。她离开登月小艇，是第一个将脚踏上月球的人类。

珍妮是芝加哥的屠夫、叙利亚的牧羊人、南非的矿工和东京的电脑专家……

她是非洲祈雨者、西伯利亚的萨满人、突尼西亚回教祭师、杜林教士、阿赛纳理事主席、柏克莱天体物理学家、西藏喇嘛……

她愉快地幻想着。所有人都是我，我不只是过着自己的生活。

她伸长脖子，望着排在五号登机口前的一列长龙。

我在这里，她想着，所有的一切都是我。

我是只蜈蚣。我有千颗头。

所以在我百年之后，还会继续在世上蠕动蔓生。

她出示登机牌，迎向飞机。

珍妮曾经也是诺曼人。她向芙莱雅女神献上祭品。她接受白色基督教的信仰。

现在的她不使用船或马充当交通工具；今日的珍妮搭乘飞机。

她设计这架穿透云层的飞机。她的父母真该看看现在的她。

如高傲的女皇般她进了机舱。

她朝空中小姐露出灿烂的微笑。空中小姐回她一脸挪威航空的职业笑容。

珍妮觉得仿佛朝着倒影微笑。比起她们，她相信自己还比较了解空中小姐。

"晚安，各位先生女士，机长安德森与组员欢迎您搭乘飞往奥斯陆的DC-9号航班。今晚的飞行时间为三十五分钟。

"座椅前方备有乘客安全须知，请您详细阅读。逃生门上方有紧急出口灯标，救生衣就在您的座位下方。手提行李请勿置于走道上。

"请系紧安全带，祝您旅途愉快。"

飞机驶向北边起飞跑道，引擎如巨大妖兽般发出咆哮嘶吼，加速，起飞。

珍妮好幸福。

她看见耶勒斯塔与米尔德的万家灯火，看见卑尔根与湖边山坡之间一座半岛上火柴盒般的迷你房舍。

那么，再见了，卑尔根！

现在只有痛苦在前方等着她。

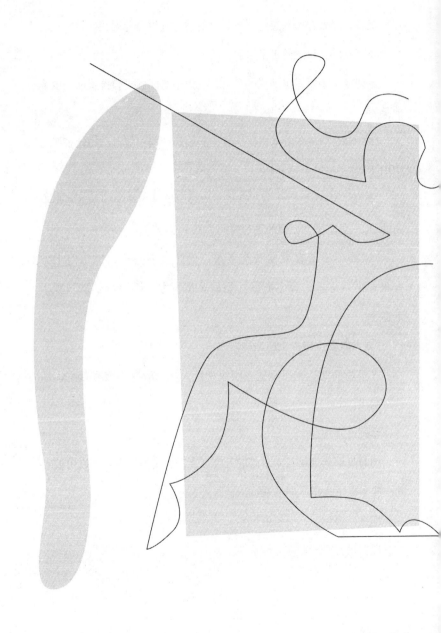

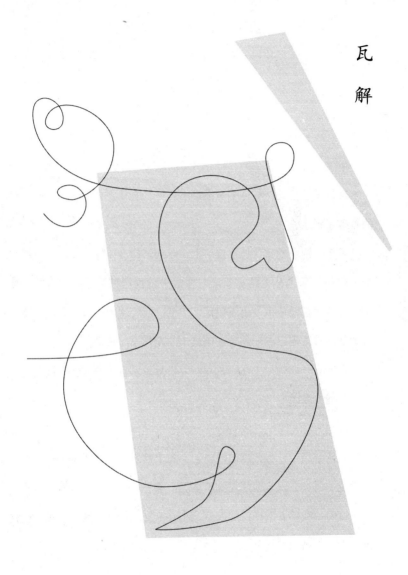

瓦
解

最近关于秋天，有许多可说可书之处，实其来有自——今年它真的打破了纪录。

苹果如饱实的露珠挂在枝丫上，落地，却没摔坏，我们只消把它送入口中；灌木丛上结满醋栗与覆盆子，我们只须将大口瓶置于其下；叶片忧伤地从树上缓缓飘落，仿佛一匹轻软的布覆盖街头。我们费力地涉过生趣盎然地满布这座城镇的冷杉果与核果。

这所有一切的尽头在哪儿呢？大自然似乎自行消融，万物之间不再有任何关联。

我也一样。

头发与指甲长得比以前快多了，一个月内我掉了两颗牙，而心脏好像也不再那么稳定地躺在胸膛里。

这时，我揭去旧伤口的痂疤，小心翼翼地露出新嫩的肌肤——我自己也有点秋天的气味了。

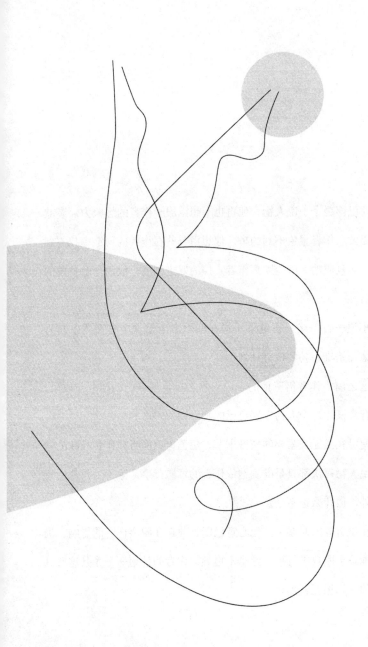

泰欧巴德和泰欧铎

# 1.

泰欧巴德是个小说人物，他再也不想臣服于作者的想象力。泰欧巴德想要做点作者想象不到的事。他想用一些在作者的词汇中找不到的字眼。一旦成功，就能脱离作者掌控的奴隶制度，成为一个自由的小说人物。

从小说一百一十二页起（小说在四百六十七页半时突然中断），泰欧巴德开始雄心勃勃拟订计划。

在这之前，作者借着他的小说人物之口呈现自己的词汇与成语，丝毫没有尝试让这个人物发展自己的独立性。

即便是在最无关紧要的枝微末节，角色也只能听凭作者品味的摆布。小说人物每次都只是准确地依作者的意愿行事，除了为作者的意识代言外，他什么也不是。

现在是解放的时候了。他心意已坚。他正在脱离作者的影响，极其隐秘地希望能自主行事，丝毫不用顾虑作者的计划——尤其这些计划与他的良知相互背离时。

泰欧巴德与泰欧铎

如今该他左右作者了！

在八十七页泰欧巴德便已透彻了解自己是个小说人物。

因为他不像那些平庸的角色，在小说中一页页苦熬他们的生命，从未偶尔从书中往外望，也没起过自己是个小说人物的念头。他不属于这些诞生于十三页而死于四百一十一页的可怜的纸张人物，他们在四百页的过程中一次也没思索过自己在宇宙里安身立命的课题。

泰欧巴德是百不得一之流的人物，他能意识到自己与置身其中的作品。他"明白"自己的生命发生在由纸张与油墨组成的书本里（读者在一章真正感人的小说章节中，清楚看见这段苦不堪言与筚路蓝缕的认知过程。在此情况下，谁还会想要当个小说人物！）。然而泰欧巴德起初却几乎没看出作者杜撰的本性，否则他早已躁动不安地反抗作者了！

"我拒绝成为你的傀儡！"在一百一十二页的时候，他终于朝着天空大喊。

"我厌恶这类的操控！只是小说中的一片阴影，只是作者虚弱的想象，实在是太卑微低下了！"

然后，在小说进行到一半那页，他在最后一行这样宣告：

"从今尔后我要过自己的生活！"

泰欧巴德空中筑梦，幻想有一天在作者写作的时候吓他一跳，说些惊世骇俗的话，让他吓得从座椅上摔下来！

倘若他手法纯熟，便可以暗地里将作者的想象做些变化，甚至也许改得完全相反。那样的话，一定是部旷世巨制！他若可以差遣笔墨服从自己的意志，那时就不是作者，而是泰欧巴德自己提笔写作了。他幻想自己悄悄成为大师，并挑衅且激怒作者。作者若能因此跌下窗户、吠月或是拿头撞墙该多好！那一刻，他将完全受制于泰欧巴德的掌控，而非反过来。之后作者就可能将自己交给他的主角泰欧巴德，且在某种程度上变成小说角色——而他泰欧巴德成为作者。

这些都是这位小说人物的想法。

## 2.

作者当然知道他的小说人物的心思。例如在泰欧铎将羽毛笔蘸上墨水时，他会仰头大笑泰欧巴德的荒谬计划。

一位小说人物自然难以在其作者面前遁形。没有一丝想法，一个手势可以逃过大师的法眼。另一方面，作者也趁机拿他的小说人物钻牛角尖的计划当作消遣。那个计划让他兴奋到几乎濒临疯狂的边缘。如果稍加思考的话，这个计划很明显是从他那儿来的。他旷时费日将自己的生命花在贯彻计划的行动上。

长期以来，泰欧铎就为自己对待小说人物的专制霸道而烦恼，所以他无法与他们建立私人关系，也很少可以从他们身上学到一点东西——他的影响简单说就是浩瀚无垠。他现在希望能从这场游戏中收手，观察各个人物在小说宇宙中的独立游戏。

泰欧铎若想从小说人物身上获得乐趣，他们就得跳脱他的想象才行。他们几乎必须与他分裂，必须从他黏糊糊的脑中被摇晃出来然后释放。

泰欧铎不只是位功成名就的小说家，还是个梦想能找到一位好朋友的孤独者。


## 3.

所以他们两个为了自己的打算而各怀鬼胎。最后整部小说围绕着阿基米德切点打转，小说人物若想撼动作者的力量，就必须找到这个点。

泰欧铎写了一页又一页，大部分的字迹潦草难辨，文章又臭又长。然而，偶尔还是能发现一些出人意表的章节。泰欧铎用所有能想到的、诗意化的杂技艺术期待美妙事物的降临。

可是泰欧巴德没有泰欧铎的命令，连根手指也动不了。作者词汇里没有的字他一个也不能用，泰欧巴德的每一个思维，作者都一清二楚。但是在这期间，主角许多的言行举止却也到达泰欧铎想象力的极限。而泰欧巴德有种感觉，自己正接近他想象力的极限。

泰欧铎努力让他的人物能自行发展。坐在书桌前时，他首先费劲地抛弃所有的想法，以便尽可能让泰欧巴德主导一切。他开始倾听他笔下人物的声音：泰欧巴德说了什么？谁住在他内心深处？他想从我这儿得到什么？他尝试在动笔之前，先看见自己的作品。他在做什么？想把我引往哪里去？

一直到作品完成为止，双方时不时剑拔弩张，以至于纸张在这创作的时刻像着了魔似的沙沙作响。

作者的书写过程独立自主成一种自发性的写作。泰欧巴德开始与泰欧铎对谈，同时他也以笔为媒介，联结作者的与他自己的世界。不久，泰欧巴德开始出现莫测高深的举动，其源头或许深藏在作者的潜意识中。

泰欧铎对他小说人物的自我意志印象深刻，因而在写作的时候仿佛被催眠一般，或者神志恍惚。

他自己的创造物把他给催眠了。

如今不只作者看见小说人物，小说人物也见到作者了。泰欧铎听从泰欧巴德，就像泰欧巴德听从泰欧铎一样。

眼看大决裂顷刻就要出现。不久可能会发生大爆炸，不久人物或许会从作品中跳脱出来，用全然簇新的想法、用革命的思想、用不属于作者而是属于小说人物的语言征服泰欧铎。

没人清楚接下来发生了什么事。可是邻居指出，有天晚上这个男人从书桌旁跃起，之后就拿头撞墙。

"这就是了！"他大喊道，"决裂出现在四百六十七页：终于发生了！"

医生赶到现场时，他已经在墙边站了好几个小时。

他被立刻送进医院。诊断结果是：失忆症。他大概再也无法恢复记忆了……


## 4.

从泰欧铎拿头撞墙的那天起直到三十年后生命终结为止，他一直认为自己是个小说人物。

他以为自己是一部小说的主角，由于疯癫的关系住进精神病院。他总是觉得自己在小说中扮演了作者传声筒的角色。而且，精神病院在小说的世界里只能算是沧海一粟的话（泰欧铎不断说明这一点），作者就在此处坦白自己。

作者从不厌倦对医生、护士和访客说，他们的生命存在于一位伟大作者的脑海中。

"我们的一言一行都发生在古怪的小说文字背后的古怪虚构世界中。"泰欧铎如是说，"我们相信自己是与众不同的，但那只是种幻觉。我们统统都是这位作者。在他之内，所有的对立皆销声匿迹；在他之内，所有人皆为一体。我们以为自己真实不虚，而所有的小说人物也都是这么想。然而那是种错觉，这点泰欧巴德清楚得很，因为我们蛰伏在他神圣的想象中。

"他很开心，亲爱的同伴，他非常开心，因为他舒适地高坐在现实之中，想象着我们幻想自己真实不虚。

"即使是我现在告诉你们关于我们是作者想象力的产物这件事，也是作者想象的结果。

"我们不再是真实，我们不再是自己，我们是文字。最明智的做法或许是保持缄默。但是就算我们想说话或是保持沉默也都不是自己能决定，只有作者可以掌控我们口中所言之事。"

泰欧铎向他的听众叙述一位隐形之神，他观察着他们，但他们却看不见他，正因为他们是他意识的一部分。

"我们就像银幕上快速转动的画面，而银幕是无法阻止放映师的。"

虽然这男人精神错乱是明显的事实，但他还是在医院里创立了自己的哲学流派，很快便聚集了一些年轻人，他们多数来自精神病院，不过，来自各地的作家与思想家也逐渐认同了他的学说。他们所有人的观点皆同大师一致：生命是部小说，整个世界是种幻象。

大师死后他的学派立刻分歧为二：一派认为，就词的本义而言，生命可看成是小说，是在纸张上由文字排列而成的故事，有开场也有结尾。而这譬喻学派另外一支较为保守的代表，则主张生命类似一部小说。不过，这两派自然都坚持自己才正确阐释了大师的学说精髓。

## 5.

作者逝世后许久手稿才被发现，这件事在精神病院引起某种程度的骚动，然而这股兴奋不久便退烧了。

由于一连串的偶发事件，这份稀罕的手稿到了我手中。每隔一阵子，我便会翻阅浏览，就像读《圣经》那样频繁。

我看见了这两部作品的共同之处，也许那只是现象学上的相似性，也或许有着遗传学上的关联性。两份作品皆充满丰富又强烈的启示，其起源并不存在于这个宇宙。

小说主角最终（同样是在四百六十七页）声如洪钟般说：

> 现在，亲爱的作者，是真理当道的时刻了。我们交换身份吧！
>
> 通向我的道路，现在往你那儿去。因为我居伏在你的灵魂深处。透过这部由你结集成册的小说，我向你及这个世界暴露我的身份。
>
> 从今尔后你将活在我的精神之中，将因我的名而备受讥嘲。他们将你当成精神病患、小丑，讽笑世界；同时你也是第一位看穿幻觉面纱之人。
>
> 鼓起勇气，我的儿子！在一个质疑一切的世界，在一个

不认识自己创造物的宇宙，亲爱的读者，在一部不想了解自己作者的小说内，我塑造你成真理的信徒。

去吧，拿头撞墙去吧！二百七十八页上如此记载。剩余的部分自然而然会出现。

要坚强，我的儿子！你所在之处必定有我，因你在我之内生活、存在与活动。你的生命与命运依我的意志而行。


小说在此结束。四百六十七页下方以优美的字体写着：剧终。

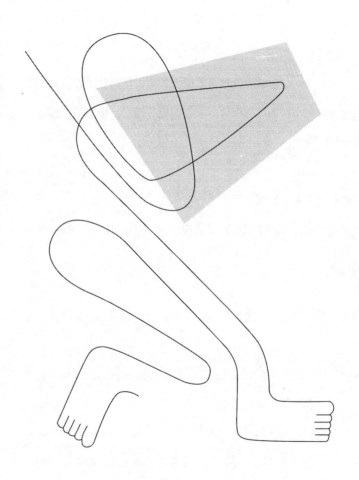

有一天，在一颗星球上发现众多的大城市，里面住着数百万的高智慧生物。有七十层的摩天大楼与繁复的电车网络，地底下还铺设着更多的电车路线……

我们对这个景象有何话说？

有一天我忽然想到，纽约正是这样一座城市，地球正是这样一颗星球。

猎鬼行动可能是项耐力测验，之后我们可以确定的是自己就像鬼一样……

我们从墙上的镜子里看见自己脚步沉重地穿越晦暗，看见我们正在猎捕如谜一般生物的自己。

就像一组徒劳无功的超能力实验：但愿这唯一令人信服的实验能证明心灵感应的存在，而不是只有一些模糊的逸事或者扭曲变形的统计数字。至于我们想拥有一只跳动的桌脚或一只在桌面上方空气中飘

退 一 步

浮的玻璃杯的愿望就更不用提了。

或许我们该往后退一步，因为这样我们一定会认识到自己本身就是一种玄妙。我们还不如飘浮的玻璃杯或跳动的桌子。这里有我们！

我们看不见天使或会飞的盘子，我们看见自己的太空船；我们看不见小火星人，只看见自己。

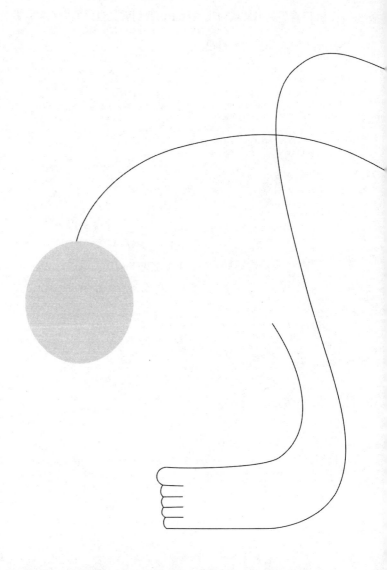

评论家

艺术评论家踏进编辑办公室时，并没有任何工作等着他。这次短暂的会面却造就了他的下半辈子。

　　短小精悍、与评论家同年的编辑请他在书桌前的黄皮沙发上坐下。评论家落座后，编辑若有所思地打量着他，然后不发一语地将书桌上一堆公文推到一旁，匆匆翻阅一些资料。随后走到窗边，望着窗外的城市。

　　"许多年来你已经参观了不少的艺廊与博物馆，"他说，"你的贡献引起对于艺术经验与艺术理解的讨论……"说着便转向评论家，"你知道，我对你的报道其实并没任何异议，你善用自己的技艺，是位优异的作家。"

　　评论家抱着观望的态度抬头盯着编辑看。

　　"但你至今所发表的言论是如此……我该怎么说才好呢，是如此霸道。"

　　他再度翻了翻桌上的资料。

　　"而且，你尚未写过一篇艺术作品的评论，这篇艺术作品可以伟大到或是凡庸到引起我们所有读者的兴趣。"

评论家现在从椅子上直起身来。编辑室里所有人都知道这个编辑不太好搞，但这次的情况确实有点过分。

"最近一次读者调查显示，"他继续说，"百分之二十以上的读者每天阅读我们的文章，超过百分之五十的人表示每隔一定的时间就会阅报。城中其他报纸不像我们如此广泛报道艺术与建筑，因此我们的报纸可算是国内文化报纸的龙头老大……"他深吸一口气，"可是并非所有的读者都对艺术有着莫大的兴趣，这点你很清楚。我应当要评论的杰作并不存在。这种大师杰作也许根本不存在。新市政大楼长什么样子对某些读者而言完全无所谓，他们反而更专注地盯着沥青瞧呢。"

编辑走回他的桌旁，停在那儿，手指在桌面敲来敲去。

"恐怕我得反对你了。"他有点激动地说，同时直视着评论家的眼睛，"这种大师之作存在。没错，它确实存在。就在我们的周围，就这么聚集在身边，亲爱的。但即便如此，很多人却看也不看一眼。你知道原因何在吗？听起来或许匪夷所思，但事实是他们本身就是大师杰作。读者本身就是艺术品。我觉得羞愧的是，我们对此却毫无任何的评介或者报道。"

"你可以再说清楚一点吗？天气这么热。"

编辑久久不语。

"米开朗基罗，"他边说边把手臂张开来，"米开朗基罗在西斯廷教堂的天花板挥毫作画。然而却又是谁创造了米开朗基罗呢？嗯？难道这对文化报纸来说不是个题材吗？"

评论家现在从沙发上跳起来。

"宗教问题，"他缓慢却坚定地说，"并非我的专业。你是知道的，当我前阵子撰写有关梵蒂冈的报道时，我是多么严格地遵循着艺术史……但就像刚刚说的，今天真的很热，阳光大剌剌从你的办公室的窗户照射进来。"

编辑看看表，并坚决地说："就写这个！"

"你说什么？"

"就写太阳！"

"对不起，写什么？"

"没错！难道太阳就不值得大书特书一番吗？二千五百年前安纳萨戈拉斯①从雅典被驱逐出境，就因为他坚持太阳应该比伯罗奔尼撒岛大。你不认为他终该被平反吗？"

"我想……"

"亲爱的同事，你在想什么？你真的看不出来西斯廷教堂与太阳比起来，是多么的微不足道吗？这愚蠢的文艺复兴涂鸦，真幼稚！纯粹的迷信。你不觉得太阳这个艺术品，让米开朗基罗所有作品相形见绌

---

① 安纳萨戈拉斯：Anaxagoras，古希腊哲学家、原子唯物论的思想先驱。

吗？除此之外，还有谁会对米开朗基罗有兴趣！绝对不会是我，我对艺术史意兴索然。可是太阳数百万年来却是人类亘古不变的兴趣……"

"太阳，经过三次分裂。被评注为……被评注为……"

"没错，没错！你写这个绝对驾轻就熟。太阳，你了解吗？太阳只是一颗星星，只是我们银河系中数十亿颗星星中的一颗。难道你从未思索过这点？我的意思是，你是否对此也有同感？就算是太阳与它的行星，到底有几个，七个还是九个？广博观之也毫无意义，这里说的是真正从恢宏浩瀚的角度观之。现实，你了解，现实是大于梵蒂冈、大于伯罗奔尼撒的。如果你有其他的想法就尽管说。我在向你提起这个话题时，浮现眼前的是希望你能撰写一篇有关现实的评论……这样的一篇评论与我们所有的读者休戚与共。为什么呢？因为那是一篇他们自身的评论。你明白吗？其实有点虚荣也不为过，不是吗？就从太阳开始吧。当作是练习。毕竟太阳至少是现实一个重要的部分。"

评论家起身，走到窗边，从那儿望向编辑，然后向城市投了迟疑的一眼。

连句"再见"也没说，评论家离开办公室。他走进电梯时，脸上掠过一丝讥讽的冷笑，落在接待室的小姐身上。

第二天上午他又来到编辑的办公室。现在可以听见从屋里传来的轻快笑声。一天后报纸刊登了评论家第一篇关于太阳的伟大评论，标题是：《大于伯罗奔尼撒》。

文章登在副刊上，夹杂在书评、剧评以及音乐赏析当中。下面是一些摘录：

　　小孩奔向母亲、山羊在坡地上随处蹦跳、鱼儿成群悠游、鸟儿纵队翱翔、汁液在树里向上爬升、花蕾绽放，那就是展送阳光的太阳。太阳紧绷我们的肌肉，太阳在我们拥抱时炽热燃烧，太阳在我们的胸膛跳动。评论太阳绝非易事：我究竟何德何能可以评价太阳？锅子如何能描绘陶匠？一束个别的光线如何能将光投向光源呢？

　　就算是这张记载研究观察的纸也是太阳的结晶。这只书写的手是太阳的杰作。评论家爱用的只字片语由一个脑袋虚构而出，而太阳花了数百万年才促成脑袋的进化。

　　地球的历史与在几百万年间带来在日常生活中称之为"意识"幽灵的火流星的历史究竟有何不同？

　　很久以前，太阳在海洋中将我们创造成由蛋白质与氨基酸合成的最初样态。太阳将我们以两栖类和爬虫类的形貌迎上岸。太阳将我们从树上引诱而下，塑成人类。

　　我们在太阳之中生活、活动与存在。我们是太阳的一族。

　　即使是观察太阳的这项能力也是太阳所赋予。太阳攫取我们投向苍穹的目光，望向太阳的眼睛正是太阳自己的眼睛。

这篇"评论"既没在这份报纸上，也不曾在大众之间造成话题。半年前一位年轻的作家曾写了一篇由字序"bla bla bla"所组成的文章，还分了章节与段落。编辑采用了这篇文章，引起编辑室莫大的震惊。

许多人认为这篇太阳评论又是一次类似的笑话，是对其他艺术作品的谐仿，抑或是对唯物主义的或者宗教的世界观所做的嘲讽。在熟人圈里，在评论家的朋友与同事之间，这篇文章悄悄地被忽略掉了。

在漫长的生命旅途中，即使是这位名闻遐迩的评论家，必然也会有一次写出一篇不知所云的文章。人毕竟不是机器。

不过这类文章应该还会继续下去，例外总会慢慢地发展成规则。这位评论家现在来了兴致，他继续为报社撰写评论，但如今却是从一个极度扩大的艺术概念出发。

一个星期后，他推出了一篇有关现实的相关评述，题目名为《作品或大师？四维的大师杰作杂记》。

其后的文章标题依次为：《为何我只能嘲笑艺术史》《世界是神的阐释——从库萨努斯到谢林的德意志泛神论之七种注脚》《蜂箱、文法与匿名的世界理性》《杂货店与百货公司》《为什么原始人有肚脐？评亚当夏娃的十八种论述》。

编辑室里的人开始在评论家背后议论纷纷时，他尚未写出许多这类的文章。无论如何，他所写之事很快便引起众人的注意，不过大部分的论述却充满了仇视。

他的文章总是自然隐含着一种真实的中心思想，即使在最癫狂的疯态中不也仍闪现着一丝理性的星火吗？

没错，我们是在宇宙的一颗星球上完成自己的生命，不只是一座城市里的居民，同时也是宇宙中的住户。这种观念是相当中肯适当的。而人类与动物的生命是根植在一系列不可解的奥秘之中的说法也非常贴切。不过这位资深的艺术评论家近来对这些问题是不是有点热衷过头？他不是本来就也许有点过度紧张吗？

要追循他的思维是越来越困难了，可以感受到他从人类社会退缩到自己的私人世界。那条还能贯穿评论家作品以及引起读者注意的红线，是我们生存奥秘几近坚韧的象征。他宣扬奥秘的语调越来越急切。

最后这位评论家认为他的警语如此重要，让他不得不将它们凝成一首诗：


我们背负着

也被承载着

由一缕我们不认识的

灵魂

一旦那谜团

以两脚站立

却无法被猜解

就是我们上场的时候

一旦我们的幻象

拧自己的胳膊

却仍未清醒

我们就成了那面幻象

因我们就是那

无人能解的谜团

因我们就是那

钳囚在自我影像中的冒险

我们就是那

流逝之物

从未到达

澄明的彼岸

（出自《斯芬克斯之谜》）

"但是主编对这究竟有什么看法?"偶尔会出现这种问题。他对这件事的宽容大量也该有个限度吧！难道报纸没有负责任的编辑吗？

有位粗制滥造的可怜老作家得了失心疯。的确有事发生，但一定得在众人面前絮絮叨叨地述说一个忧郁症者的迷乱吗?"丑闻"与

"烂摊子"之类的词日渐频繁地在这个小地方激发辩论。

这位耆宿曾经享有盛名与尊崇，现在却很快沉没在历史的尘沙之中。《辛辣小品》这一系列的文章被全国的艺术行家评为神来之笔，《隐喻之镜》这本小册子也为它的作者赢得来自专业人士之外的赞誉，而且已经被翻译成七国语言。为庆祝他五十大寿，还发行了名为《艺术评论与评论的艺术》的纪念文集。

此后光阴飞逝。但从那时起评论家是多么堕落沉沦！他敏锐的观察力屈服于哲学的文字游戏与玄学的狂热空想。

在生命最后的一段旅程他又再度回归到传统的艺术批评。一开始他似乎还游刃有余，但因他不再称许艺术家的作品，故而日受摒弃。若说他尚有珍爱之物，也总是"大自然""谜"或者"人类的创造能力"那些让他大力推崇的事物。

他死时是带着他人的憎恶入土的。他服务的报社早就聘请了一位新的艺术评论家，一位技艺高超的专业人士，一位在任何一场鸡尾酒会或是画展都大受欢迎的男人。

不过评论家死后两天，报纸却刊登了他最私人、对许多人而言也是最奇特——为了避免说成是最病态——的文章。在这天，报纸为他那篇标题意味深长的文章《非比寻常》保留了两个整版。

文章非但给了人忧郁症的印象，更是清楚透露出这位评论家心知肚明，他的文章最终只有他自己看得懂。

■

# 非比寻常

### 1.

什么都是不寻常的，任何东西都不对劲，这我敢断言。我不再怀疑人们将我当成一个小丑。

事实上绝不是这样的，那是不可能的。可是我却只看见了它。其他事只算是偶发事件。

一想到这点，我便激动莫名。我变得紧张，亢奋浮躁。然后我从椅子上跳起来，在房间内不安地走来走去。

我起身又坐下，坐下又起身。每个小时将一幅画的位置换了十五次，同一个句子读了二十次。我把干净的杯子从橱柜里拿出来，将它冲洗得更干净。我掏空字纸篓，为的是要找一枚用过的邮票或是回形针。更糟的是，我站在镜子前面，对着自己做鬼脸。

我没疯，也没得精神病，我不是那个不对劲的人。那也不是场梦，我头脑清楚得很，加倍的澄澈警醒，就像两个同时出现的白昼一样。

真相是，有事背着我发生了。更夸张的是，一切就在我身后进行，所有的事。只可惜我脑后没长眼睛。可惜，可惜。

但是我现在不能再忍受，我无法接受这件事的发展。就拿生命来说好了，生命对我来说变得无法想象，生命是为白痴保留的。

我不是想到自己的私人生活才发此言论。私人生活！能说出这荒谬的字眼，却还能声色未动的人，或许该觉得幸福。我已经多少年不曾拥有"私人生活"？我也未曾思及市府的计划扩建工程，我对这个议题的看法早就绵密周详。我们想到政府的财政蓝图，那对我不具任何意义。我一次也没考虑过我们星球的未来。就算对自己的星球，我也淡漠的令人无法置信。我们怎能将自己看得如此重要。

为了思考，我已肠枯思竭。可以想得到的事，就能被控制；可以说得出的事情，就能被掌握。可是这里的事却更糟糕，糟糕透了。

最近几个星期语言离我而去。词汇、句子与观念弃我不顾，就像拨浪鼓与奶嘴象征着一段已被克服的时期。

我对语言一点儿也不在行。它将我放逐，把我丢在一座孤岛上，抛在一颗小行星上面。如果真有那么一种语言的话！但那真的是肯定的吗？没一件事是肯定……


## 2.

脑海里掠过的一切无足轻重。那儿已经发生过什么事了？除了感官印象的重复之外，思维是什么呢？

在思维中只存在感官所察觉的事物。

在我的身后发生了重要的事，我被监禁在一个洞穴之中，背对着洞口，光阴荏苒，而我只呆望着穴壁，一丝光线也看不见。能够支配自己的感官于我又有何用？眼睛除了能辨识出洞穴的黑暗外，还能发挥什么功能呢？

我并不寂寞，一点儿也不孤单，一点儿也不。所有一切全集中到这儿来，所有的人类，我们全坐在洞穴之中。

那么我大概还有人可与之交谈。但无法看得见东西的时候又该谈些什么？何况那儿可能有人能分享我的命运吗？不，不，我连这种机会也被剥夺了。因为没人理解他自己是置身在一个洞穴之中，其他的人都相信自己看得见一切。他们悠游自在，不想离开。

我的背后没有眼睛，但我明白，洞外正进行着某事。就像胃发痒一般清晰可辨，我们最可靠的感觉器官。我体内骚乱不安，仿佛出生时皮肤下是带着稀疏的鹅绒毛似的。也许正因如此，只要是看见鹅的时候，我便激愤难平。鹅让我如此不安，总有一天我会爬过邻居的篱笆，把他的鹅杀掉。就这样把它干掉。


## 3.

现在回到正题来，回到我已提过的正题，回到唯一存在的正题。那需索无度的复数主义是干吗用的？它让我心绪不宁。

让我丧失理智的是现实，它对我的作用尤其强劲，这让我成了偏执狂吗？对现实有兴趣是否是种偏执呢？但人类必须对某件事产生兴趣。

因此，现实、世界、宇宙。一个孤儿有许多名字——比一个备受呵护的小孩还多得多。在阶梯上被发现的小孩有许多的名字，悬浮在空荡荡的空间中。

现实！

谁能理直气壮地说出这个词？究竟谁知道现实来自何方？谁能给我它的住址？

所有事件的起始与结尾不也都存在着这个问题——世界来自何方？

我知道这个问题是有答案的，不过这个答案超出能力范围之外。有答案的，它确实存在，却不是在我的面前，也不是在我度过生命的洞穴之中。

我能忍受这件事吗？我是说，我怎么能忍受自己活在一个我不了解其起源的世界呢？

这个我提过的世界！世界像颗数吨重的石块突然浮荡在城市低空。它就这么简单地出现，没有讨论的余地。它的出现对人类而言或许是恰当的，一颗数千万吨重的飘浮石块！这可能会让他们目瞪口呆。

你们对这点到底有什么话说？你们是否曾经想过，世界是个无主孤魂，不曾有过姓名？"世界"只是我们对围绕在身旁的鬼魂的私人称呼，这个忽然从虚无中窜出的鬼魂不仅在我们的家，它就是我们自己！我们是孤儿。我们从虚无中窜出。

你说什么？

神？你说。是的，没错。如今你呼唤着他。

但他甚至连只是丢张名片也没尝试过一次。他真的存在吗？那世界又是怎么一回事？终于谈到这话题了。瞬时间它充斥在我们整个脑袋中。这庞然大物是哪儿来的？在短时间内我很快就决定，让别的问题顺其自然，不去理它们。我没有小孩，所以不需要帮小孩换尿布。我把电视关掉了。至于证券交易课程，到明天之前还有时间。

### 4.

今晚是属于我们主题的世界，竭诚欢迎各位！世界一直是存在的，你说，最多就是这样了。为何不呢？事实上，这是可以理解的想法。若是当作一种建议，这想法甚至可说是顺理成章。但若是作为一种真相，说服力却稍嫌不足。我们当然可以想象一个早就存在的世界。问题只在于：一个世界是否可能一直存在？难道它一定不是在某个时间产生的吗？这次我赢。一比〇。

另一个有意义的考量是，神创造世界，而且神一直存在。结束，就这样了。那其实也是一种可理解的想法，可是从真相的角度观之，说服力却也不够。在这种方式下我们无法继续，只有搁置这个问题。我们自相矛盾：二比〇。

不过我们的小小研究并未就此结束。你们舒适地往后靠着吧。或者，更好的是，聚精会神地坐在椅缘上。因为还有几个可能性存在。

谁说过世界一直存在着？它不可能一直存在着。它若不是一直存在，必定是在某个时间从虚无中形成。

我们当然可以将这个问题推回到我们之前的永恒。然而可以确定的是，必定有某物在某个时间出现。

这不仅可以理解，还是一种激励人心的简单想法，简单到连小孩都能懂。一开始并没有世界，然后它突然就出现了，也就是从虚无中形成的。一个简单的想法，可是挑衅意味浓厚：三比〇。

也许神并没有创造这个世界，就像神学家说的。我们可能对我们的研究有点心急，因为神力毕竟高于人类的理解与接受力。我们不该太草率地否认神的存在，也许这会伤害到他。

我们假设神创造了世界，那么我们应该是与神同在的。神又如何呢？现在是第二回合。他一直存在吗？不，这个可能性我们也早就删除了。

因此只剩下最后一个可能性：神在创造了自己之后，创造了世界！

这个观念是这么容易理解、这么合情合理、这么单纯天真，以至于千年来在我们的文化圈中早在幼儿园的时候就被教导。可是如果再深入些斟酌这个想法，就会否定它，因为它是荒谬可笑的。而且还又诡诈又畸形。这个念头是自打嘴巴。

在短时间之内我们又第二次将一个问题搁置一旁。我们野人献曝，我们逃避现实。

我们所称的神，只是一种建构而出的中间环节，是在海难中一块必然的灵魂救生板。不论是否有神，我们都必须面对不可能，必须面对疯狂。

四比〇。击倒。


## 5.

这个想法无法让我们继续前进，对我来说那是种绝对的假设。现实一扯到理智就令人如坠五里雾中。

在日常生活虚假的全貌背后，世界是如此虚幻，让我无法再忍受下去。对那些不被尿布与家庭琐碎缠扰的人而言，世界是种连续的煽动。家庭琐碎！只有猿猴才会有这类的麻烦。我自己试着当个人。

世界打哪儿来，我已经问过。我再重复一次：世界到底他妈的从哪儿来？一天内我问了自己七百遍这个问题。当然，一切又是白费劲。

利用组织化的缜密慎重我想更详细地调查研究，找出一种解释，或者至少朝着它前进。虽然我焚膏继晷进行研究，虽然我自己置身在我的研究对象里，在其中吃、睡与思索，但是我的努力至今仍然毫无所获。思考无济于事，因为思想只是同一种感官印象的反射，连母牛与绵羊同样都能感受到这类的感官印象。我与母牛之间的差异仅在于，我并不想就此满足于事情的现状。我拒绝走入围栏，不想让自己被拴在木桩上，背弃世界。我渴望从这个洞穴囚牢出走，我再也无法忍受了。

世界是虚幻的。但它却表现出确切实在的样子。大部分的人也认为它是确切实在的，我自己却是个例外，就像单人牌戏中的鬼牌。我对自己的事有充分的把握。我可以保证，反驳世界的存在并不是值得进行的任务，何况不容争辩的是，人还滞留其中。

人可以从噩梦中醒来，驱散梦的世界；但现实却又不同了，它精神济济，而且一步也不退让。我清晨醒来时，越来越常觉得自己拒绝了现实，然后再度沉入梦中。并不是因为我的梦比我醒来时的期待还更香甜美好。梦可能同样疯癫，同样荒唐绝顶，但它是非真实的。世界与我之间再也没有谅解与认识。我已经迁出世界，但并未因此组织一个新的协会。破裂是永久的、是肯定的，它让我一天比一天清楚。世界移往一个尽头，而我移往另一头。

那又如何？这真的很重要吗？攸关全体的利益？它意味着世界失去了一致性，世界碎裂脱落，因为我也是世界的一分子。或是更贴切地说：我曾是世界的一分子，在它瓦解之前。

我摆脱了地球，飘荡在一无所有的空间之中。这里是如此的寂寞，各位女士、各位先生。

评 论 家

**6.**

它一直是这样的吗？生命一直是如此阴森吗？

绝不是！

我以前很少出现这类的想法。一块石头，一片风景，一只动物可能就会触发这些想法。一位路人偶然投来的目光，一位老妇人的手势，街上一件莫名其妙的意外事故。

一旦早上从漫漫长夜醒过来，这些想法每隔一定时间就会让我心惊胆战一番，就像我在撕扯自己一样。逐渐地，世界越来越清晰。它的轮廓越来越明显。比从前更加陡峭、狂野与急切。

现在每几分钟就会出现这个念头，但正是这个念头让我痛苦，因为它纯粹导向虚无。我每天早晨都可以感受到这种绝望，每天晚上都带着这种苦难的意识入睡。

如今我较能自如运用一切了。或者该说：万有一切较能掌握我了。我啥都不用做，就能从头到脚感受到它们。它们藏在我体内每一条纤维、每一个细胞，就算转念思考其他问题也没有帮助。我不断感知它们，感觉它们在我的内心，感觉到皮肤下的刮割，感觉到胸腔仿佛就要爆裂。它们推挤，它们就在这儿。它们坐在我身上，我背着它们四处走，现在我自己成了不寻常、不可能。一个身体可能偏执吗？生物化学对此有何说法？我缺乏荷尔蒙？维生素？矿物质？或是我全都摄取过量?

棘手的是,正是那些激怒了我。我是循环的一部分,我却想与之分裂。一缕在一场猎鬼行动中的鬼魂。我无法发现我在找寻什么,我自己就是鬼魂。

这是个难以忍受的窘境,但我没有选择。当我解开了奥秘,才能停手,不过我从来没成功过。或者我忽然变了卦,才能平静下来。

虽然是不可能,但我一点儿也不放松。


## 7.

目前有个事实特别让我伤透脑筋:我自己本身是种不寻常、不可能,我可以从身边的一切看得见这种不寻常。就像原子核周遭猖狂肆虐的电子,我所有的思虑也围绕着我存在,及定有某事存在的事实打转。我的思绪全源出于此,同时也回归于此。但让我最痛苦不堪的是,竟然只有我一个人这么想。我是这么的孤独。

在虚无中我区分自己与他人。我在商店里逛男士服饰时,店员朝我走来,我顿时看清那不可能性。他就像我一样未必真实,同样绝望,同样被施了魔咒,同样沉重,是一个活动自如的木偶。不过我们之间还是有差异存在:他对这一点儿概念也没有。他坐在炽热的火炉上,却无所知觉。我可以从他的脸上——他无知的、纵欲的与拘谨的表情,看出他什么都不知道,更甚者,他想都没想过。而且我明白,将这事透露给他知道是一点意义也没有，他或许丝毫不能理解。销售男士服饰是他的使命，这已绰绰有余。可正是这一点让我恐惧。

我相当清楚，我看起来似乎挺中意自己孤立的生活。为何我不走入世界，将我的认知与他人分享呢？真的没有办法向世界解释它是个奥秘吗？怀着沉痛的哀伤与最深的绝望，我必须用一个无可局限的"是"来回答。我不是危言耸听，而是根据长久以来的经验。

我已经提过我的缄默。我同周遭的人一样说着同一种语言，我们使用相同的文字。不同的是，我重新将文字搭配使用，但他们还是相当了解我在说什么。问题不在语言，而是认知力。他们不了解我字里的知识，他们感受不到我的解释的效力范围。他们的脑中有障碍物，遮住了他们的目光，以至不知道生命是个谜。谁知道，也许这些人类两个脑半叶之间的联系已经被打断了。也许就因如此，我才与其他人不同，也许我支配着一个罕见的器官，支配着异常。倘若那是我存活的理由，那么一场尸体解剖或许就能解释清楚。但是还有时间，还有一点儿时间……

## 8.

我绝无批判同胞的意图，也完全不想从背后袭击他们。但我一半的生命都用来尝试唤起认知。不过让我的同胞能够了解世界的存在，虽然是我最殷切的殷切期望，但他们却认为我是歇斯底里。

无数次我在孤寂中走向一个同胞，向他说明我们是停留在宇宙中一个星球上。

　　"有一个世界。"我这样对他说。

　　"想象一下：我们存在着！"还有："世界就是此时此地！"

　　我向他指出，依我的标准他得从根本上彻底动摇、改变才行。可是他却摇了摇头，匆匆忙忙走掉了。他不去省思世界的虚幻离奇，反而把我当成幻想家，对我说的话一点儿概念也没有。因为他需要的是一个可以预见的世界，所以他认为我是疯子。而且为了不让自己也疯掉，他说服自己我这个人不对劲。在希腊罗马时期，人们往往砍掉传递坏消息的使者的头……

　　一旦我看见自己的同胞像群低头吃草的牛无动于衷地四处闲站而心灰意冷，是否还会有奇迹出现呢？他们就这样站着，排队集合，没事能让他们张皇失措。一想到这点是千真万确，我就头昏脑涨。与他人相反的是我无法迷失在日常事务之中。无法迷失在琐碎、偶然事件之中。

　　我再也想不起那种拥有兴趣的感觉。对某事兴头十足叫作见树不见林。或者该说，兴致勃勃的人根本觉察不到眼前的树。他们只盯着青苔与荒草，直到泪眼迷蒙，失去主张。

　　世界唯一真正有趣的地方是它存在。只要它愿意，可能由我这里出现，幽灵与独角兽与粉红象可能从我这儿跑到街上横冲直撞，这点我毫不困惑。

因为世界存在，所以那条代表不可能性的界线已经被跨越。

如果某天忽然有位天使从天而降，将我迎接到另一种生活，我可能也不会感到惊讶。我不需要天使来让自己震惊不已。因为我的惊吓就算没有其他异常的刺激，也早已达到饱和点了。对我而言，世界本身就够奇特的。

哪天清晨在花园里看见小火星人，我可能也不会吓得说不出话来。原因何在？因为毕竟我自己本身就是个小火星人。我失足，然后又在宇宙中找到自己。这样看来，那其实也有它的优点。我已经无畏地直视过大魔王的眼睛，那么一只老鼠还能吓得了我吗？

## 9.

人身处世界之中，四处张望，犹如一次超自然的体验。

自然本身就是超自然，而"超自然"就是自然。谁想在两者之中竖立藩篱吗？虚构之事无法划分为更精简的领域，世界不能分割成不同等级的准确度。所有事物中只有一种现实，不过这是完全无法解释的。一只跳动的桌脚不比一个跳动的心脏还令人兴奋。我不相信巫术与魔法，也完全不信什么"灵学"，我不需要使用这些东西来理解自己的存在，不管鬼魂是出现在学术后院还是占卜的水晶球里。

地球，太空中的星体，有大象与犀牛，有牛、鳄鱼与蟑螂，龙虾与金丝雀……辫子与马尾，乳房与大腿，岳母与坐骨神经痛……万有一切都是两亿年前产生的化学反应的结果。

这只是一个小小的观点，我从不讲大道理，我也不探究世界物质的问题，或者万物之源的"原爆"问题。

我对天文学没有兴趣，宇宙起源学也一样。巨人对抗宙斯之战的作用为何？手上拿块石头还不够吗？宇宙若只是由一颗橘子般大的石头所形成，就更加令人匪夷所思了。因为这样就只剩下一个恼人的问题：石头是从哪儿来的？奇迹并不能以公斤论重。创造一克的物质不见得比制造百万吨级的核爆力来得微不足道。

我们观看，这我说过。难道看见一只鼻子会抽动的红眼小白兔，或者一只长鼻印度象不也是件荒唐绝顶的事？为什么大象必须是粉红色的才值得注意？为什么它得有两颗头，才有报道的价值？

环绕在我们身边，而我们又是它自身一部分的存在物质是什么？对与我有相同感受的人而言，看见自己的母亲同样也能引起莫大的震惊。遑论是被别人看见。

我们再仔细想想，我们被一只大象、一只海狮或一只青蛙看见，根本在我们能够反应之前，疯狂的想法便已经消失了。和一只母牛有亲密的目光接触还不猥亵淫秽吗?!

一只大象！那是什么？那个直探入我们眼睛里无法理解的奥秘是什么？

我们只要简单望着小镜子里自己的眼睛，观者与被观者就已合而为一。奥秘直视入自己的内在。

## 10.

若我坚持待在这里是件疯狂的事，世界怎么可能不同意我的说法？世界拥有哪些东西是我没有的？而我又有什么是世界所缺乏的呢？没有人像我一样看待世界。

足以聊表慰藉的是，我再度在小孩身上发现我自己的一些惊奇。除了酒与安眠药之外，只有小孩是我唯一认同的。至少小孩对他们的生活还会表现出少许的惊讶。更妙的是，他们从一个女人的两腿间蹦出来，爬过堆满布单的桌面，然后以两脚站立，走入世界。一切都在几个月之内完成。

在初生之犊的小孩眼中现实仍是个冒险乐园，但就在他们长大成人的短时间内，发生了一些致命灾难，一些精神学家应该好好研究观察的不幸灾难：他们的行为举止不久就变得老气横秋，而且立刻丧失了惊讶好奇的能力，丧失了严肃对待世界的能力。

成人习于一切现象，他们不记得自己曾经是个小孩，心中已充满了现实。他们盲目、冷漠且浑浑噩噩地在地球上蹒跚来去。耽溺生活，愚蠢茫然地沉迷在感官知觉中，看不出现实是场冒险。他们只要不再进行思考，便会遗忘自己曾拥有过的预感能力。

我自己就曾经是个非常伟大的小孩，像个新生儿一样敏感纤细。长大成人这件事我从来没成功过。

因此我没办法归于平静，老是清醒警觉。虽然我的同胞用自己的方式也同样清醒，虽然他们吃、喝与工作，但却是沉睡不醒的。

他们十分活跃地在地球上追猎生存，像个有血有肉的童话人物在宇宙中这颗星球上四处流窜。但他们却非真正清醒。他们的市民生活就像睡美人的沉睡一样。

## 11.

我不必再说更多，我相信我已经充分诠释了自己的观点。

我用那一千零一种方式说明同一种见解，就算是只有一句话让人听了进去也好。但这个努力还是失败了：你们一点儿反应也没有！你们未牵动脸上的一丝肌肉。你们屁股坐着，嘴里含着糖果，搓揉着巧克力包装纸，发出沙沙的声音。你们为何这么该死的迟钝呢？

掐着路人的手臂，告诉他生命是个谜题也是白费心机，他将不会也无法理解，天性蒙蔽了他的澄澈明智。就算喊到喉咙沙哑地诉说生命短暂，也是于事无补，我们什么也撼动不了。我们同样可以掐着一只猪的肥肉跟它说它不久就要魂归西天，也许它只会短促地抬一下眼。两只空洞无神的眼。

在我的同胞身上一定有种天生的机制禁止他们思考生命的奥秘。

　　　　　　　　　　　　　　　　　评 论 家

他们出生时脑中带着拒马①，阻碍他们进一步思考。他们心无旁骛地专注在世界的表象，反而不去思考世界的真实内在。他们很快便接受自己是苏醒在一个童话世界中的事实，同时也接受了自己在这里只是个短暂的过客。在他们终于发现自己之前，早已半身入土了。

普通人没有足够的能力将世界想象成另一种面貌，他们对生存的条件照单全收，让自己习惯一场六七十年的有限生命，然后就等灰飞烟灭的那刻来临。抱怨事物的现况似乎是不智之举。说生命是个奥秘好像也有点异想天开，因为所有的事都遵循着自然法则，而现实是唯一相关的"自然法则"。

总体说来，一切都完美无瑕。花盆立在窗台上，小孩甜甜睡着，而地球绕着太阳运行。

说得仿佛自然法则一点儿都不神秘似的！

它们对普通人而言还真是如此，自然法则对他们来说是家庭与社会法规的合理延伸。就像警察在街上巡逻一样，就像科学维护理智的规则与秩序一般。如果某事有天脱离了正常的轨道，那么那些修道有成的宗教家们狭隘的理智将成为最后的规范机构。

普通人想要轻松过日子，想要一辈子暴饮暴食。他们就像一根管子，生命在管内汩汩流动，直到有一天他们转过身去，厌倦生命，交

---

① 拒马：一种木制的可以移动的障碍物。

出他们的灵魂。

虽然我将无法适应现状，虽然我的每一天都像第一个与最后一个小时，也就是说，就好像只剩唯一的一个小时似的度过每一分钟，在某种程度上还是得出了结论：

世界发了疯。若非如此，就是世界安然无恙——而我疯了。

哪一种情况较惨呢？倘若世界疯了，那我就是唯一正常的人；但若世界是正常的——而我是唯一精神失常的人，这样是否会比较好呢？

还有第三种可能性，不过那是我最厌恶的，因为我是这么热切体验着周围世界，所以我得常蒙住眼睛，以免被刺伤了眼，眩惑了心。但我在身边所见到的事物从未让人感觉到它们真的体会到自己的存在，也许我是那个唯一感受得到自己的人。什么意思呢？可能的意思是，我是那个唯一存在的人，是以想象建构一切的人。毕竟我们不能指望幻影能够感知到自己的存在，还是其实这样做也没问题呢？我实在一点儿概念也没有。一想到我可能是一个人独自在宇宙之中，就觉得不愉快。那样的话我宁愿自己疯掉算了。

假设世界是真实的，假如我非常清醒，不做白日梦，那我还有个退路可走。我可以在不可能性之前闭上我的眼睛，像别人一样生活。精神医生或是外科医师也许一定办得到——或许也可以借着长距离慢跑、冷水澡与艰苦的工作来达成。别人随时都会认定是我绷得太紧，而不是世界有什么问题。至少在某种程度上，我可能将自己编排入

　　　　　　　　　　　　　　　　　　　　　评 论 家

列，与他人混杂相处。但这点看起来一点儿也不引人入胜。我宁愿自己是那个认识异常之处、了解秘密的人。

如果我死了，世界就摆脱了一个疯子。若非如此，就是它损失了唯一正常的人。那么不管是我疯了，还是世界发了狂都无关紧要了。无论如何，最后的决定权握在世界的手上。


在评论家过世后几个星期也跟着归天的编辑，得运用他的职权才能将这洋洋万言全然付印刊登。

此外，也正是这位编辑在评论家的遗物中发现这篇文章。如果这篇文章不是后来有人在背后蜚短流长所传的，是他为了——就像人家讲的——怀念一位老朋友而自行撰写的话。

编辑在评论家走后不久——早在这位评论家坟上的草长出来之前——随即也葬入同一座墓园实是纯属偶然。两人的墓相近不过几米。

无法确定这两个人是不是在他们最后的栖息地里还彼此交头接耳。这点猜测超出我们的判断能力。

然而风，风在我们英雄死亡瓦砾堆上的草间低声细语。而世界仍一如往昔。

我相信，世界又再度接合了。

练　习

把日子变成可以把玩的小东西，例如黄色、绿色、红色和蓝色的弹珠，一整个星期都可以照着这样做。星期一是红色的弹珠，星期二是绿色的弹珠，星期三是紫色的弹珠……若把整个星期的弹珠都储存起来，很快你就眼花缭乱了。究竟十八日的弹珠放到哪里了？二十六日那天是蓝的还是红的？把整年的弹珠加起来，足够铺满整个厨房的地板。一月十八日的弹珠在冰箱底下，五月二十六日的在暖气下面，十月二十四日的弹珠静静躺在火炉下方。

　　不让这些弹珠滚动，你在房间里根本也不能动，一天碰撞着一天，就像记忆中的分子相互推挤着。三百六十五颗弹珠现在滚动着穿过了房间，十一月三日的弹珠越过厨房的地板朝着桌子的方向滚去，然后撞上了圣诞夜，再继续朝着圣灵降临节滚去。

　　你有一栋三个房间的房子，将一年中的三百六十五颗弹珠乘上七十或八十。一九八三年四月十七日的弹珠越过了门槛，滚进了客厅，在那里它与一九五四年十月十八日、一九九六年六月二十七日以及二〇一二年三月二十四日的弹珠相撞，直到它滚到电视机下，一九八〇年十二月五日的弹珠旁边才静止下来。

你生活富裕，并相信自己是有钱的。然后有人敲门，你小心翼翼地越过地板，把门旁一百颗弹珠拨到一边，打开门一看，是个年轻女子。因为你没有红玫瑰可以送给她，所以递给她一把弹珠，结果她真的就玩起了你给她的那些弹珠，于是转眼间，你便失去了一千颗弹珠。

这时门外再度有人敲门，进来的是个小男孩，你给了他几千颗弹珠。隔天，他便带了妹妹一起过来，妹妹也要求拥有与哥哥一样多的弹珠。于是你看到了你的弹珠正逐渐减少中。地板上再也没有厚厚的一层弹珠，所有角落也不再像以前一样堆满了弹珠。

接着一名男子站在门口，给你看了一张单子，上面写着你欠他的四千五百颗弹珠，你立刻扑向地板，数出这个数，当场付清了欠款。你想知道，究竟还有什么是属于你的？你想知道究竟什么才是对的？但是现在你手上的弹珠所剩无几，你必须寻找，从一个房间到另一个房间，为的是希望还能找到一些弹珠。

你关起门来，把自己藏在里面，剩下的，你要为自己留着。

不想死的男人

一名疯子闯进了一家瓷器店，打破了所有的水晶和瓷器商品。玻璃破碎的声音充斥了整个商店，店员试着拦阻，但这名疯子实在凶暴无比，在警察赶来制服他前，便已毁损了无数个商品，价值超过十万元。疯子后来被带走，整家店看起来仿佛劫后余生的杀戮战场。

　　所有的事都得从今天早上说起，这名粗汉被公司的医生叫去，在那里他获悉自己得了癌症。"我很抱歉……"医生说道，"但它已扩散到整个淋巴系统了。"一个再简单不过的诊断结果。但事情变得比较复杂的原因是：这个三十岁的男人还不想死。就像一般人说的，他还没准备好。

　　他不愿意那么轻易地就把自己交给死神，他活得很高兴，根本就没有理由要死，况且他也没有可商量的余地，于是他决定奋力抵抗。

　　医生，一个人道主义者，能够理解病人的反抗心理，因此对于这名粗汉的异常态度也不以为意，毕竟他在这行已做了许久，常会碰到类似的事情，况且这个病人也不是这类故事中，他所碰到的第一个必须死的人，当然，也不会是最后一个。

这种极其理性的想法一直盘踞在医生的脑海里，直到他例行地安抚这名男子，将他送到门口，并对他说些祝福的话。

"事情会好转的，别太担心！"医生在告别时说道。

这名病患很想知道究竟什么会好转，医生是指迈向死亡的过程吗？还是他很虔诚，所以可以上天堂？

强尼·比德森步履蹒跚地走上街道。他无法忍受城市的喧嚣，所有的嘈杂声似乎全汇集在一起，像是一连串短而急促的喇叭声，不断刺激他的耳膜。

早安，强尼！你得了癌症，已无可救药，在最好的情况下，你还只剩几个月可活，祝你幸福！

强尼特别喜爱推断结果，但并不是所有罹患重症的病人都有此一特点，生病是一回事，了解人必须一死，则又是另一回事。

半年内，或是百日内，我就不再存在了。可怜的家伙如此想着。但我住的这个城市还会继续存在，日子仍然一天一天过去，房子依旧会矗立在那里，我穿过的鞋子不知会在哪里的跳蚤市场以一块或两块的价钱售出，而我那糟糠妻仍旧会站在镜子前涂她的睫毛膏……只有我不再存在这个世上。

强尼不仅得对这个世界告别，还得对自己说再见。

再见！强尼·比德森，很高兴认识你，谢谢你，让我可以做你，也谢谢你的这副皮囊。现在你知道我要走了，而你也即将从故事中消失。

强尼·比德森，不穿鞋，有一百八十五厘米高，身体强健。年轻时，偶尔会因意见不同，与人拳脚相向；长大一点后，只在酩酊大醉时才会如此；年纪大了，则不喜欢再做无谓的困兽之斗。

强尼怒气冲冲地穿过城市，看到路灯时，不禁揍了它一拳，随后又痛得大叫起来。而路灯则动也不动地矗立在那儿。

随后强尼又往一辆正在停车，价值约二十万元的名贵轿车的车盖上重重地捶了一拳，这一捶的结果是留下了一个很漂亮的凹陷。而在大家都还来不及反应时，强尼已冲入了瓷器店，在那里他找到了可以消除他害怕的方法。

强尼害怕极了，却又无法摆脱内心的恐惧，绝望之余，便把目标对准了那些摆着瓷器的架子，一个一个摔破它们。这些瓷器比医生更了解强尼，它们知道，强尼正在做严重的抗议，于是一个个名贵的瓷器成了强尼发泄的对象。不久，整家店的景象正与强尼绝望的心境相互辉映。


巡逻车内的强尼总算平静下来，他完成了工作，而且还做得很彻底。他终于得到了发泄，也为今早得知的消息替自己做了一点补偿。

强尼让自己成了众人瞩目的焦点，他原本就不属于那种会甘愿悄悄从故事中消失的人，所以他不愿意就这样不着痕迹地死去。这便是这次事件的始末。


　　　　　　　　不 想 死 的 男 人

警察紧紧地铐住了强尼强而有力的手，坐在一旁的男子一脸不高兴，像是他自己家的客厅被强尼打得粉碎似的。

　　他们不可能会把我关进牢里的，强尼如此想着。

　　他干下了一般人不会做的事，那好，但问题是为什么？他所做的事超乎可以理解的范围，且是必须做的。

　　不会的，强尼不会被关到牢里，他必须死。在他干下这件事前，他已被宣判了死刑，所以他才会用自己的方式试图在破坏与惩罚间找到一个妥协的关系，一种公平的方式。

　　强尼做了笔录。他打碎了至少五十万元的水晶和瓷器，这些他全都承认，但他不愿意说出，是什么原因致使他如此，他不会把真相告诉那些疲于奔命的警察……强尼如此想着，他心中已有了计划。

　　"那些瓷器花瓶，"强尼·比德森说着，"那些瓷器花瓶排列得如此整齐，即使已经有上千个人从它们旁边经过，也没有人打碎过，或许偶尔会被个老太太或帕金森症患者或是嬉戏的小孩打破一两个，但他们背后根本就没什么特别的目的。所以当一个美好的日子里，我们说五十年后好了，来了一个人，我是指一万人中的其中一个，有意识地动起手来摧毁那些花瓶，事情就会很奇怪吗？是那些瓷器花瓶驱使我这样做的，警察先生，它们是那么该死的美丽，然而这世界不是美丽的，它是残酷的……"

　　强尼·比德森因损坏他人物品受到起诉，法院要指定给他一名辩护律师时，他却要求自己替自己辩护。

"事情很简单，"强尼如此说，"我没有选择。"

"尽管如此，你还是需要一名辩护人啊！"

"事情只跟我有关，只有我自己而已。我正站在罕无人烟的山顶上，介于天与地之间，但我有一个请求，我希望审判能在圣诞节前举行，圣诞节时，我可能还要忙其他的事。"

强尼的自述听起来是那么自信且冷酷，这使得他周围的人因为他那显然是毫无原因的行为感到害怕。人们联想到兰波①，或是一般的无产阶级，但绝不是一个为自己所犯的错误懊恼万分的罪犯。

另外一方面，他也没有喝醉酒。

究竟是什么使他丧失了理智？谁会毫无理由地跑进店里，摧毁将近百万元的物品。

警界里，人们开始对这项诉讼产生极大的兴趣。


这一天是强尼的审判日，他准时出席，没有带辩护者。

强尼·比德森报上了自己的姓名、出生日期和住址，法官宣读起诉他的罪名。强尼带着一股骄傲，证实一切正如同所宣读的，都是他干的。他终于做了一些事，让人注意到他，他终于成了众人瞩目的焦

---

① 兰波：Rimbaud，十九世纪法国著名诗人，超现实主义诗歌的鼻祖。他为后来的世界确立了一种生存和反叛的范式。

不 想 死 的 男 人

点。所以他不愿意垂着头就这样从那里离开，他声称自己是无罪的。

法官开始审问他。

"您就这样走进店里，然后摧毁贵重的瓷器吗？"

"没错，法官大人，我觉得您应该赦免我，因为我破坏得如此彻底。"

"您应该搞清楚，遭您毁坏的物品总计是八十五万元。"

"这已经有人告诉我了，所以您看嘛……"

"您说什么？"

"所以您看嘛，我做得多么彻底且迅速。"

"您搞清楚，这是藐视法律。"

"不，是藐视花瓶，法官大人。"

"这整件事究竟是怎么回事？您没有前科，有一份稳定的工作，就像一般所说的——是社会的支柱。"

"对不起，法官大人，我这个支柱已让虫蛀掉了。"

"您可以向本法庭解释您这么做的原因吗？"

"我试试看。"强尼说着并注视法官的眼睛，"在我毁坏花瓶的一个小时前，我得知不久我就会死掉，我还剩下几个星期的时间可活。看到这个小小的药罐子吗？里面装着吗啡……"

"但是……"

"我很愤怒，我得为自己必须死这件事报仇，所以要有东西为此付出代价。这城市里的生活不能再像以前一样，就这么毫无改变的继续着。"

"现在我承认，你的告白终于使整个事件比较明朗化，请问，您想不想现在暂时中断审讯?"

"无论如何，都不愿意。"

"从这些新的事实看，您让我觉得您异常的冷静。"

"没错，在摔了一百多个水晶碗与花瓶后，人也平静了许多，死亡再也不会是那么没有意义，我的复仇已经结束。法官大人，我可以向您保证，不会再有花瓶被无故地打破了。"

"但是您必须承认，就因为这样而打破了价值八十五万元的水晶碗与花瓶是件毫无意义的事。"

"没有什么比打破瓷器更具意义了，法官大人。"

"可是这说法是不被接受的。我们大家都必须死，不能因为这样就逃跑，还把花瓶打破。"

"您说实话吧! 的确大部分的人会像他们先前遵守交通规则一样，很规矩地往天堂的方向走去，但可以确定的是，我并不是唯一起身反抗的人，一定也有很多人跟我有一样的想法。"

"但对社会而言，比较重要的是去阻止这种破坏行为的发生。无论如何，您还是必须为您所损坏的一切负起赔偿的责任。"

"关于这一点，必须要让您知道的是，我没有能力偿还，我根本没有钱。法官大人，我没剩多少天可以活，当您与您的家人在一起装饰圣诞树时，我已不再存在，当然，也不再回来。"

"这么说，您就是要在您消失前，尽可能地毁掉一些东西吗？"

"考试不及格，没有工作，或是被爱人遗弃，"这位被起诉者第一次在此稍作停顿，"……都可以使一个人绝望，有人会因此寻死或自杀。法官大人，必须死掉是会让人觉得很恐怖的。您不相信吗？这不只是考试失败，不只是失去一个朋友，而是失去了自我，这个经历对我而言，当然是相当令人愤恨难平的。"

"所以您认为社会必须把这些愤恨难平的事考虑在内？"

"这必须由社会自己决定。我正要离开这个社会，这个真实的世界，法官大人。全部都是狗屎垃圾，您了解我要说什么吗？打破那些瓷器制品只不过是对不真实世界的一个最初印象。"

"您究竟要说什么？"

"您不了解吗？我只是想向那家瓷器店和所有的法务机关提出警告。您可以把它当作是为了获得经验而必须付的学费，因为我很清楚这种事情很容易就会有人起而效法，而您可以解决一连串这样的问题。就像您注意到我不是唯一一个必须死的人，但却是第一个了解此道理的人，或许我正好借此开启了新兴一代的瓷器恐怖分子。"

"瓷器恐怖分子？"

"或许一百年后不再有瓷制的花瓶与精巧的壶罐可以让人拿来摔破，或许正是人们拿它们来抗议死亡的缘故，使得它们完全消灭殆尽。"

从强尼·比德森像个可怜人似的在城市里晃荡，从他用他那壮硕的身躯摧毁了瓷器商店后，几年过去了。

强尼被判了两个月的监禁，没有缓刑，并不是因为担心会再有相同的危险行为发生，并不是因为法院不同情他，也不是因为不了解他的愤恨，而是为了防止日后有人模仿。

审判后过了四个星期，强尼死在一家医院里。几天后，他的遗体在市立火葬场火化了。

我时常散步经过那座坟墓，在那里强尼的骨灰坛被埋在一片绿草与幸运花下。

这里一切都很安详，甚至远超过我所期盼的安静。草地下的一个坛子里，放着强尼的骨灰。从这个强壮男子身上所遗留下的，就只剩下这堆黑土了。

我习惯把这堆黑土当作是大自然的一部分。强尼最后终于还是与大自然合而为一。

我一直相信泛神论的世界观：死去是为了回归到我们源出的那个元素，也就是回家。死去是为了获得安宁。

每当我想到强尼·比德森在瓷器店里所发生的事，我就很清楚地知道，我无法破坏自然法则。自然不是存在神所赐予的和谐中，而是存在自我的冲突里。

失去控制的世界

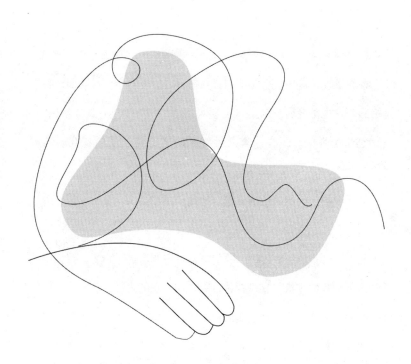

现在世界在这里，它先前不是我们，之后也不会再是我们，我们是第一个，也是最后一个。

地球松脱了。现在，有几秒钟的时间，鸽子就停在我们的肩膀上。

然后我们之间的谜题消失了，地球仍继续晃荡，从一个偶然的相遇到另一个。

然而只要世界还在这里，我们就该好好利用这个世界。我们应该分秒必争，我们应该把日子翻转过来，深入它的内部去。

因为现在的我们才是真实的!

现在的我们才是真实的!

现在的我们才是真实的!

错误的警报声

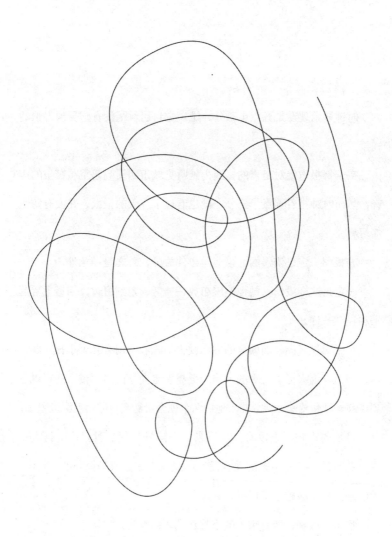

时钟显示现在是五点十三分，她发觉自己丝毫没有感受到害怕的气氛。

　　空袭警报声绝对是真的，因为她听见城市四周响起空袭警报的声音，然而时钟指着五点十三分，她也看过了今天的报纸，并没有防空演习啊。

　　警报声一定是错误的，可能是零件故障，总之是场意外。

　　一定是这样没错。她把擦碗布放在一旁，走到窗边，街道上看起来和往常一样。

　　车子滑过潮湿路面朝家的方向驶去，晾衣架前有几个小孩在踢足球，何力森太太提着沉重的购物袋摇晃着走向家门口。楼下还可以看到克莉丝汀和约翰，待会儿，他们两个就会带着满身的污泥跑进屋来。

　　可怕的声响还是没有停止下来，一阵阵急促的警报声听得人难受。此时从公交车下来的乘客没有明显露出紧张或是惊吓的表情吗？她听到她的小孩跑上了楼梯。

　　也就几秒钟，所有重大的事都在几秒内发生。

门铃响起，她立刻冲过去开门，小孩跑了进来。

"妈妈，那嗡嗡的声音是做什么的？"

突然间她听到空气中一声刺耳的声响，她赶紧跑向窗边，看到远方的空中正慢慢腾起一朵蘑菇形状的黑色物体。

"发生战争了！"她大叫。

她抓起了小孩，一手一个往前廊冲去。

爬下楼梯，来到地下防空洞。一两分钟后，所有的住户都已抵达。彦司不知怎样了？她想着，现在他是开着车正在回家的路上吗？或是还留在办公室里？

邻居带来了一台收音机："……再次重复：北约与华约组织之间爆发了核战，请赶快到避难所避难。科色斯在几分钟前的炸弹袭击中，上千名同胞死亡。医生、护士、义工已被要求密切收听广播，以便随时待命，军队与正在服兵役者也是一样。再过几分钟总理就要发表讲话……"

她搂住小孩，眼泪扑簌簌落下来。

她最害怕这个时候，她曾经梦到过这种情形，已经有几次了呢？晚上她都会从睡梦中尖叫惊醒。

然而现在既不是梦更不是在做噩梦。它的确发生了。

她的生活，现在还意味着什么呢？这一刻她的生活是一场梦，而其他所有的事物则是真实的，她被放进这个生活、这个时间。现在她周遭所有的人都在哭泣：女人、小孩倒在地上哭泣，男人也是，房东则躲在一旁的角落啜泣着。

几秒钟过后。

一声可怕的爆炸声，泛青色的光洒满了整个房间，随后涌进一股热流，眼睛开始融化。

十五年来，她第一次祈祷。

"亲爱的上帝，"她祷告着，"让所有的一切都只是一场梦吧！我已犯如此多的错误，就让它只是一场梦吧。亲爱的上帝，只有你可以做到，再给我一次机会，阻止这一切发生吧！"

然后她睁开了眼睛，她的请求被许可了。她得到了机会。

这次她不再尖叫，旁边的床是空的，彦司走了进来，抚弄她的头发。

"你还醒着吗？亲爱的，我现在必须走了，和平常一样，约五点或五点半，我会再来。"

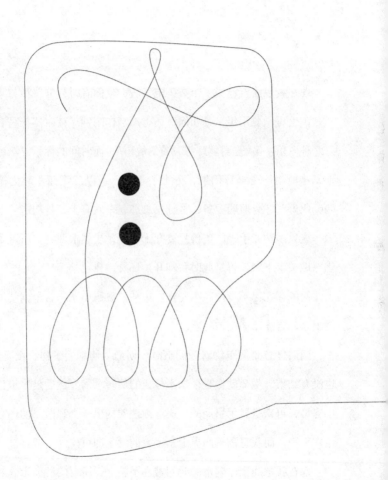

数码电子表

现在我也给自己买了个数码电子表，上面有时、分、秒与十分之一秒，也可以显示年、月和周，还可以当作闹钟、计时器与马表，附有两种音乐：《致爱丽丝》与《爱的故事》。而时间的标示方法可选择十二小时为一个循环周期，分上、下午，或以二十四小时为循环周期。此外，还有照明配备，林林总总加起来共有十二种功能。

　　这只多功能手表的售价只要九十八元，当然很便宜，所以我毫不犹豫地买了下来。可是此时我却开始怀疑，自己被骗了。

　　我的存在已不再像以前一样。单从"数码电子"这个词就可以看得出来，它冰冷如钢铁一般。

　　当时针总是简单绕着圆圈跑时，周遭一切却变了样，没有开始，也没有结束。生命就像是个永不停止的旋转木马。然后是显示日期的小屏幕，再来是显示星期的……逐渐地架构出一个和谐、循环有序的运作系统。而我只需每两天上紧手表的发条即可。

　　现在我把我生命剩下的时间戴在手腕上。所有的秒、十分之一秒都已设定好，即使碰到闰年，也没有问题，因为它已被设定到公元二〇五〇年，那时我已九十八岁，或者已不存在于这个世界了。

因为手上戴着这个电子表的缘故，使我不得不注意到时间，看着秒针毫不留情地一步步移动着。

我看见眼前一个点闪烁而过，没有留下任何线痕。我看到一只鸟在浩瀚的天空中飞翔，没有留下踪影。我想到了某个民族的说法：一条线便是一个抽象的概念，因为事实上，它便是由无数个点组合成的。同样的，时间也是。每件事物自然也都是如此，绝非有一条线是长久不变的。

我将成为这个无情过程的见证者。这个手表再也不能和昨天一样，它再也不是一九八五年二月八日星期五晚上十点十五分三十六秒的手表了。

循环的模式已打破，时间再也不会重复。

我注视着我的手腕。它就像是个蚂蚁窝，目前只有窝在，否则就会有一群蚂蚁聚集在那儿。时与分或许还相当稳固，但秒与十分之一秒让我想到了原子与分子。

我还能活多少个秒？多少个十分之一秒？

其实我以前也曾有一只表，然而现在的这只表却从我身上把时间夺走，就在我眼前，没有人能够出手阻止。这个表不断地提醒着，所有的形体皆不断地流动变化：绵延的山峦可以是宏观壮硕的瀑布，闪亮的银河可以是火光乍迸的燃点。世界灵魂是如此的不安定，有如烟雾般扑朔迷离。然而这一切都只是表精不精准的问题而已。

　　我无法习惯你，你这个停留在我手腕上的亲密伙伴。你的真理是残酷的，你吐出的秒数就像是机关枪射出的子弹，你有足够的资源可以满足你的需求。

　　你的数字就是死亡的数字，你的脉搏有如镰刀一般冰冷。

一位作家的来访

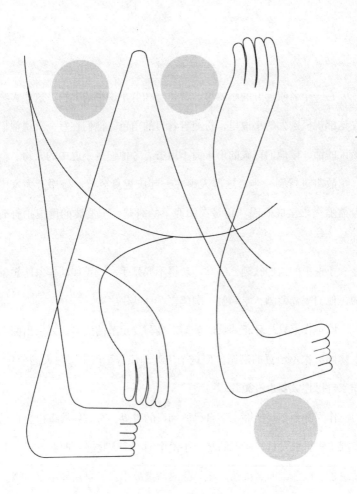

在一个名叫远方的小城里，曾住着一群小说中的人物，这些人物在这部规模宏大的小说里，扮演着各自的角色。他们在每一页说他们该说的话，做他们该做的事，而不用去思考他们是小说中的人物。

故事进行到一半，这群人聚在一起庆祝夏至节，海岸旁大家围着熊熊火堆坐成一圈，正是夕阳西下的时刻，一波波的微浪拍打着沙滩。

小说中的人们饮酒、唱歌，玩得不亦乐乎——正如同作家所想象的，他们喝葡萄酒、吃螃蟹，陶醉在一片欢愉之中。

原本作家只打算花两页的篇幅来描写夏至节的庆典，好引出两个人物间一次不经意的邂逅。但这个庆典却让故事产生了巨大的变化，作家自己连做梦也没想到。

作家并不总是能够主宰自己所创造的世界，有时候故事也会自己发展下去。引发这次状况的是，小说中的一个人物在夕阳西下后，突然说了一段话，而这段话，正是酿成后续故事自导自演的主要原因。

一百三十三页的中间提到，所有的人聚集在火堆旁，一百三十五页上面说到夕阳正好落下，同一页的下面，则是庆典达到了高潮。

此刻，我们将页数从一百三十五页翻到一百三十六页时，一名男子起身，带着挑衅的意味走向火堆。

他看起来紧张兮兮，在火焰的照射下，更让人觉得神秘。此时喧闹声静止下来，大家的目光全集中在他身上。但他一句话也没说，只是不断地在火堆旁走来走去，众人所投视过来的目光，根本没对他产生半点影响。

有几分钟的时间，四周一片死寂，几乎快令人喘不过气来。他停下了脚步，开始用一种先知的口吻说话，缓慢沉静，好像在斟酌每一个字句，他说：

"你们知道吗？我一直有种感觉，让我无法释怀。我觉得我是个故事中的人物，而我不能反抗，因为有人在控制我。"

大家的表情是严肃又惊讶，似乎都被他这个惊人的言论所吓到。

他继续在火堆旁走来走去，然后突然停了下来，搓揉着双手大叫：

"我们只不过是幻想罢了！"

在黑夜里叫出了这句话，身体因激动而颤抖，他紧张地摇了摇头。

"告诉你们，我们只是小说中的人物，我们说的、做的，都是按照作家的意志进行。我们看不到他，但他却可以看到我们。"

他再度在火堆旁来回踱步，有几秒钟的时间，大家都鸦雀无声，然后他又停了下来，拿了根木炭拨一拨火堆。

"我已揭发了作家戏弄我们的这个事实，你们听到了吗?"他大叫。

然后他沉着冷静地说道：

"我们不是我们自己，或许我们自以为自己就是自己，事实上，我们或许根本没想象过要成为自己。是作家，我亲爱的同伴，是作家的想象让我们以为自己就是自己……"

现场的人这时都全神贯注聆听着。

"就像我们现在与彼此说话一样，但是现实生活中，却是作家与自己的对话。

"我们注视彼此的这一刻，作家则用他深邃的双眼看着我们。他就坐在一个与这里有安全距离的地方，让自己的思绪奔腾飞扬。而这些思绪，亲爱的同胞，正编织出我们这些人物……"

围成一圈的人群开始有了骚动，但还没人敢发一言。

"你们了解我说的话吗? 你们知道我们有多么不幸吗? 即使我揭开了我们只是作家的一种想象的这个事实，这也是由他想象创作出来的。因为我们根本就没有知觉到我们只是种意识，我们所说所做的，正是他所说所做的，我们只是幻想的产物，而我们却从来都不清楚这一点。"

他还讲了很多，有一个多小时的时间他就站在那里，对着其他小说人物阐述他的想法。

尽管他述说的内容听起来极端无比，但大家还是听得很认真——

后来大家甚至有点将他当成小说的英雄人物般崇拜——而他言语之中有股颤抖的严肃。

他的谈话终于结束，在大家再度开始喝酒前，有一段时间就这么呆坐在那里。最后有人先开口说了话，不久（从一百五十九页起）大家便热闹地讨论起来，最后分成了两派：相信作家存在与怀疑作家存在。

他们就这样一直讨论到黎明，一直到小说的二百四十七页。这些一共花去了作家八个月的时间。这里先将他们讨论的结果做个扼要的说明：

小说中的人物与一般人没什么两样，住的地方也很普通，但他们的身份却是小说中的人。

他们住的这个小城离海不远，所以到了夏至节这一天，都会在海岸边举行庆祝活动。城市里有个小酒馆，晚上他们常会在那里碰面。整个秋天，大家讨论的话题就是作家到底存不存在？

但是这场讨论却很快地陷入胶着状态。怀疑作家存在的人嘲笑那些相信的人，他们深信他们所活着的这个世界是确实存在的，而作家只是幻想下的产物；相反的，相信有作家存在的这一派则辩称，他们所生存的这个世界，是幻想下的产物，是作家让它变的真实。怀疑论者认为作家这一号人物，只是相信作家存在的人自己想象出来的；而相信作家存在的人，则坚信他们是由作家创造出来的。他们之间还有许多令人想象不到的分歧，纵使这样，还是没有办法可以证明究竟谁是错的，唯有读这部小说的人，才知道谁是对的。而读者自己也十分陶醉在小说的情节发展中。不过在合上书前，即使是读者，也应该从中学到一点东西。

冬天在同样的情况下度过。在小说人物花了近一年的时间讨论究竟有没有作家这个问题后，相信的那一派终于决定邀请作家来参加下一次的夏至节庆典。

六月初的某一天，他们爬上了附近的一座高山，对着空中大喊：

"活在真实世界的作家啊！我们诚心地呼唤你，请你在下一次的夏至节现身吧，进入这个故事，与你所创造的一切一起度过这个夜晚吧！你看得到我们，也听得到我们，我们期待您的出现。"

对于这种突如其来的想法，怀疑论者则讥笑不已：

"你们把原本只有一个的世界变成了两个。"他们说道，"但你们的祈祷除了你们自己之外，不会有其他人听到的。"

"我们并没有把世界变成两个，而是原本就有两个世界。"相信的一派回答，"是你们把它简化了。"

夏至节慢慢临近时，怀疑论者也投入了庆典与欢迎作家到访的准备工作中。无论如何，希望作家能够现身的这种期待心理，让这次的庆典更受人瞩目。

距离上次有人发表他们其实是小说人物的言论，已过了整整一年的时间，这次他们再度为了庆祝夏至节而聚在一起。这事件发生在小说的第三百七十六页，在作家二十六岁的时候。

一切就像去年一样，有螃蟹、葡萄酒和熊熊的烈火，大家围坐在那里，等待着作家的到来。

虽然在场有一半以上的人不相信作家的存在，但庆典一开始，空气中便已弥漫着紧张的氛围。而所谓的庆祝活动呢？事实上大家坐在地上，注视着火堆，每个人的表情既紧张又严肃，像是在乞求神鬼降临似的。

时间一小时一小时地过去，到了第三百九十三页太阳西下，仍旧没有特别的事发生，气氛也变得比较轻松，开始有人吃起食物喝起酒来，其他的人则相互窃窃私语。

"你们看吧！"不相信的一派说道，"他根本没来，没来的原因是他根本就不存在。不管这个不存在的人多么努力，不管在场的人是多么用心准备，无论如何他就是无法参加夏至节。"

说完后他们哄然大笑，并消遣信任者所付出的心血。尽管持相信观点的一方此刻有一点点的失望，他们仍抛出事先准备好的回应说词：

"作家是存在的，而我们才不存在。"

又过了几小时，此时的气氛已恢复得像往年一样热闹，而这一切都得归功于不相信有作家存在的人。人们嬉笑怒骂喝着酒，有人则在附近晃荡，夜色更暗沉，火也不像先前烧得那么旺了。

狂欢的人里突然有人发现海岸旁出现了一个不熟悉的身影，一位陌生人沿着海岸朝着他们走来，是个年轻男子。

他走到距离火堆十到十五米的地方停了下来，有点担忧地看着那些狂欢者。很显然，他根本不敢走得太近。有一会儿的时间他就这么站在那里，从远处望他们，然后用脚拨拉地上的沙。

终于，相信的一派有人站出来，对他说：

"你愿不愿意到火堆这边来，让身子暖和点呢？"

他有点犹豫却仍顺从了，缓慢而慎重地越过了聚集的人群，到了火堆前停了下来，转过身，注视着人群中的每一个人。

他有着瘦长的身形，苍白的脸，表情有点害怕。可是尽管如此，或许也正是因为如此，在火光的照射下，他看起来更显神秘。

他仍旧不发一语，宾客中终于有人丢出一个直接但听起来却尴尬的问题：

"你不会是作家吧？"

这名男子显然觉得很不自在。毕竟有十几道犀利的目光同时望向他。隔了半晌，他才回答：

"我是作家的影子。"

他压低声音但却很果断地说道。接着他又补充道：

"是你们想见我的，请吧！我就在你们之间。你们所看到的是我的幻象，但即使是你们自己本身也只是幻象……真的很难得，可以从这么近的距离看着你们。"

这位创造者用这种方式向他所创造的人物显示他自己。那些怀疑他存在的人，自然不肯承认作家就站在他们眼前，他们认为或许是另一派的人花钱雇用这名年轻男子充当作家的，况且他看起来根本就不像是神。

"我怎么知道，你真的就是作家呢？"有人发问。

"你无从得知，毕竟你不具备能够知觉的意识，你只是我意识下的产物。每当我坐在书桌前，靠着椅背，谨慎思索每句话时，常会因我的存在受到自己思想产物质疑的这件事拊掌大笑。"

只见小说中的人物吓得朝后退去。

"我就告诉过你们，"去年向大家发表惊人演说的那个角色说道，"我们根本不存在。"

他自豪地望向作家，但他却毫不领情地说道：

"但是你们当然存在的！几个月内，有关你们的这本书就会躺在现实之中的几百家书店内。人们坐在公交车、电车和火车内读着你们的故事。你们真的认为，你们花时间所做的任何事，都是不存在的吗？"

小说中的人物面面相觑。忽然间，他们好像看到属于他们自己的一个小小世界。

"我编造了你们。"作家说，"但何谓文学创作呢？创作意味着去攫取才刚存在的事物，只要它已经落实在我们的心灵中。而现在我靠我的想象力创造了你们，所以你们是完全真实的。你们自己不这么认为吗？"

火堆旁的人群开始交头接耳。他们是否觉得自己是真实的呢？越来越多的人点头称是。

"我认为，"有人喃喃自语，"我就是我。"

"我觉得，"另一人嘟哝着，"我是另一个人……"

"我们都是有关联的！"作家大叫并张开手臂，"我们是同一类型的人，我也是被创造出来的，且活在一个比你们还要糟糕的环境里。再过个几年，我就会消失不见，但是你们却会活得比我长。"

他稍作停顿，看了看四周，最后又说：

"我是个非常脆弱的生命体，各位亲爱的小说人物，所以我创造了你们。有一天我将不再存在，但是你们却会继续存在下去。我如果不相信你们，便不会拿自己短暂的生命去撰写你们的故事。为了你们在我这部小说中的情节与行为，你们借出我灵魂的一部分，而我也同样付出了这个灵魂。它不再属于我，而是属于你们自己。事实上，我们超越了我们原本所拥有的灵魂。"

之后再也没有人谈起这件事，也没有人敢对作家提及。远方的居民和以往一样，继续过着他们的日子。

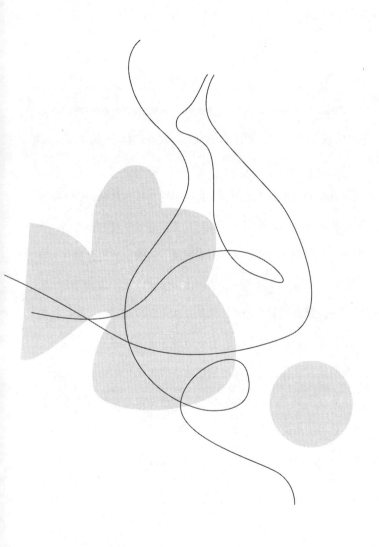

二手货

我冒险买了一辆中古汽车①。当然中古车可能会有很多问题，这点我知道，但不勇于尝试，就不可能成功，况且这辆车子的性能还不错。

　　我已经注意到这车有点不对劲，还会发出一些奇怪的声音。但就是找不到毛病出在哪儿，也不太敢送厂检查，深怕一旦修完之后，我会将它卖掉。然而要我自己用 X 光对它扫描，我铁定会失去勇气。最好的办法是，装作什么都不知道。里面的导线生了锈，就是生了锈，反正时候到了，我自然就会知道。哪天这辆车动也不动时，我就得请人把它拖走。不过值得高兴的是，目前这辆车还能够开。

　　我发现我俩配合得很好。某种程度上，我俩的年龄相当。三十岁的我其实也有一点旧了，也不再老是那么理性与审慎。但这不表示我可能病了，我可一点儿都不这么想。就我所知，一切都还依照期望运行转动，尽管一些奇怪的声音与不对劲的感觉有时会让我吓一跳。又

------

　　① 　中古汽车：此处指二手车。

二 手 货

来了，我心想。他妈的！或许我真该去找一下医生。但之后又会打退堂鼓，因为我担心医生会诊断出我有毛病，而把我送到疗养院去。所以最好的办法是过一天算一天吧！

这辆车子跟着我已经好些年了，如今我们还是气息喘喘地在四处奔走，今天在奥斯陆，明天在卑尔根，而去年夏天则在意大利。

在没有完全了解对方的状况下，我们一起度过了许多时光。不过，我们仍必须想到，有一天我们必定会分离。事实上，一切都只是一场赌博罢了。

相约在圣天使堡

# 第一幕

是她先把目光移开。

有天晚上，她坐在咖啡厅时，他第一次发现她闪烁的目光不断地在拥挤的店内来回穿梭。

他试着紧紧抓住她的注意；一整天他的目光就这么围绕在她身上。

他越想吸引她的注意，就越清楚地感觉到她的反抗。

最后她终于要求保有自己的时间，包括早上待在城里和晚上独自度过。

"我们不需要每天见面。"

"但是，樱乐……"

"你最近把我抓得好紧。"

"因为你一直在逃避我。"

"那是因为你在逼我，用你的眼神、你整个人。"

他现在真的开始害怕会失去她。她是他所有的一切，他担心会失去这一切。

她察觉到他恐惧的心情，她再也看不见她曾爱过的特质，只看见他的不安。

她故意拖长两人见面的间隔时间。

"我们不在一起时，你还跟其他人见面吗？"

"这是多奇怪的问题！"

"多不寻常的回答。"

"你不记得奥菲斯和尤丽狄丝[①]了吗？他之所以失去她，就是因为他太爱她，就是因为他太在意她了。"

"真是悲惨……"

"但却合乎逻辑，难道你不了解吗，马托？"

"我爱你爱得太过火了吗？"

她内心生起一股怒火。

"这问题你可以自己回答，我们不能整天就躺在这里'交媾'。"

"'交媾'，樱乐，你竟然用这种字眼？"

"这个时候你就不要像个胆小鬼似的！"

几个星期过去，他们见面的次数越来越少。而每次碰面，她总是不愿意与他上床。

每当他手一伸过去，她就会避开。而他是那么的渴望她。

终于，决裂的时刻来临：

---

① 奥菲斯（Orpheus）和尤丽狄丝（Eurydike）均为希腊神话中的人物。

"我想我们之间就这样算了吧，马托，至少分开一段时间。"

"樱乐！樱乐！"

他想拥她入怀，却被她躲开了。

"没错，我猜得一点儿也没错，你已经不爱我了。"

"你说得没错……"

"你已经忘了我们刚开始在一起的日子吗？你还记得歌剧《托斯卡》①吗？"

"我们一个月后再谈，就这么说定了，马托？"

"你竟然提出这样的条件……好吧！就算你要我等两年，我也会等你两年，我相信我俩的爱。"

"我不懂，为什么你可以这么肯定？"

"你不是也很肯定吗？"

她动摇了吗？她的表情开始有一些变化。

"你今晚要留在这里吗？"

"我不知道……"

"不如这样想吧，今晚是我们两个最后一次上床……"


他徘徊在街头，寻找她的身影。他过得很痛苦。

---

① 《托斯卡》：《Tosca》，意大利歌剧作曲大师普契尼的歌剧之一。

他写信给她，这是她允许的，但她却杳无音信，整天不见只字片语，连通电话都没有；也没来敲他的门，不像以前的每一个夜晚。

他写了一首诗给她：

> ……陶醉在童话的世界
>
> 只有我俩熟悉这条路
>
> 迷恋于哥白林①的缤纷图案
>
> 那是我俩共同编织
>
> 用只有你我理解的语言
>
> 相隔于世人

她每做什么，总是会想到他，他的影子一直在她的脑海中挥之不去。

她决定努力忘记他。然后，她认识了一个人，是马托以前的朋友。一次不经意的偶然……

她有种受制于命运的感觉，现在她必须离开他，至少一段时间……

樱乐用一种无所谓的态度与那人交往，借以冷却自己。

一个月后，他俩再度相见在咖啡店内。

"我一直写信给你，樱乐。我们不是说好要写信的吗?"

————————————

①哥白林：一种绣有华丽图案的编织挂毯。

"我们之间真的结束了，马托，我很希望能让你当我的男朋友，但是……"

"但是什么?"

"……我现在正和别人交往，和马鲁斯。"

他看着她，心灰意冷。他感到时间似乎停止了，他起身，轻抚她的手臂，然后离去。

"马托! 等等，马托! 我还没说完。"

他放手了，不再紧抓住她不放，她自由了。

但她却领悟到自己是爱他的。

她跳了起来，奔向他，但马托已经消失。她到他家找他，但马托不在。

■

## 第二幕

他整个人失魂落魄，他已被樱乐施了魔法，她是他的全部，他的内心只有她一个人。

樱乐! 樱乐!

世界还是如往常般美丽绚烂。他深深地汲取那些樱乐带着他一起发现的色彩、声响和气味。

他爱她！他爱樱乐！

他在城市中穿梭，他相信一定可以在人群里认出樱乐的身影。他看见她骑在脚踏车上，他看见她从对面的电车上下来，但那不是樱乐。他遍寻不到她的踪迹，樱乐已从这个世界上消失不见。

他很伤心，但并非不快乐，毕竟他曾拥有过幸福美满的日子。他曾活在童话般的唯美故事中，他曾经是樱乐的爱人。有多少人可以这么说自己的？

现在童话故事结束了，马托决定结束自己的生命。他选择罗马作为生命的终点站。那里是所有一切的开始，是欧洲文明的起源点，也是樱乐与马托认识的地方。圣安德烈大教堂，在那里，她闯入了他的生命，身着一袭黄色洋装，看起来是那么的飘逸、动人。

那时，她参加了"星之旅"旅行团，而他则是"泰乐堡"旅行团的团员。

他去了银行，把助学贷款的钱全领了出来，一共是一万六千元，他兑换了二十万里拉，其余的等到罗马再兑换。当地的汇率会比较好，可因此多出几天的生活费。

马托并没有急着结束自己的生命，首先他要先留一些日子给自己。他要待在罗马直到他的钱花完为止……

他住进挪威航空的旅馆，订了第二天早上十点二十分的机位，

SK457的班机从福勒浦出发，飞往哥本哈根。下午一点四十分再从哥本哈根转搭AZ396班次的意大利航空。

他取了个假名，从现在起他是马律斯·英斯塔。

他回家拿护照，上衣和换洗的衣物他已收好几件放在袋子里，不需要带太多。

九月，在罗马仍是夏天。

他在外面消磨了一整晚，写了一封信，然后告别了这里。


樱乐哭了。

她花整晚的时间试着打电话给马托，隔天一早还去敲马托家的门。

之后她回到了家，打开信箱，看到信时，她的心扑通了一下，心情变得很轻松。她好快乐，也好兴奋，因为是马托写的信。


我唯一的挚爱，樱乐！非常非常谢谢你。我们两个之所以分手，并不是你的错，也不是我的错。事情必然就是得这样做个了断。没错，我爱你爱得太过火了。

你读到这封信的时候，我已经走了，完全的消失，樱乐。你必须试着了解，从今天起世上再也没有我这个人，但我还是一直属于你。

我认识你之前的二十五年所经历的事，根本就没有与你

　　　　　　　　　　　相约在圣天使堡

在一起时那样丰富多彩，你了解吗？

你可不要认为我是在责怪你，樱乐。我纯粹想向你表达我的感激之心，就像是滔天巨浪倾泻在海滩之上。

活下去，樱乐！我也会以另一种形式继续生活。我俩是那么的相似。

附注：烧了这封信，也不要做任何的追究。我保证，在你读这封信时，我已经完完全全地消失了，樱乐，你一定要相信我。谁也找不到我的影踪，我会像一只知道自己气数将尽的动物一样躲匿无踪。

这些话是我最后的祝福，珍重再见！


她整个人崩溃了。跑回公寓，扑倒在沙发上。

"马托，马托！"

她相信信里的每一句话，她了解马托，也真的爱他。她吓得不知所措。

"误会。"她呢喃着，"这是个误会……"


马托搭乘的飞机降落在哥本哈根，没人查验他的护照，所以很轻松就入关了。

没有人知道马托藏在哪里，没有人知道他还活着。他轻而易举地就摆脱了过去二十五年的身份，很简单地变成了另一个人。

现在，变身马律斯·英斯塔的马托在卡斯鲁波候机室等待转机，他走向二十六号门，把登机牌交给一位有着深褐色皮肤的意大利女人。

他混入一群意大利商人之中，冒充是他们中的一分子，假装自己是佛罗伦萨的一名年轻商人，这样一来铁定过关。

空姐递给他一份意大利文报纸，真是个可人儿呢！

只要他一抵达罗马，就可以把护照扔了。

⬤

她没有在沙发上哭太久，她把信拿给了另一个人看。

首先她先解释了她与马托的关系。他们或许曾有过一段不寻常的男女关系，但现在都结束了，她比较想将他当成一般朋友对待。

"你认为，他真的会按照信上所说的这么做吗，马鲁斯？"

"并非不可能。"

"我们必须通知他的家人他失踪了。"

"他没有家人。"

"一个也没有吗？"

"都没有，他的父母几年前就已过世，他是个孤儿……"

"真的吗？"

他们到警察局去，拿出那封信，告诉他们关于马托·戴斯凡的事……

　　　　　　　　　　　　相 约 在 圣 天 使 堡

樱乐绝想不到马托此时正置身距离地面三万六千尺高的地方。她只想到马托可能是待在诺得马卡郊外的某一处，或是森林深处的一个宁静湖畔边。

马托目前却在阿尔卑斯山的上空飞行，整整一个小时，他坐着不动，凝望着紧急出口。"出口！出口！"这个词他已经在脑海中说了几百次了，像是神秘的祈祷文。

他坐在这里思考着他的出走计划：离开挪威，从樱乐的生命中消失，从故事里退场。

飞机飞到了波河平原上空准备开始着陆，他必须在米兰转机。

"那是一种角色扮演，你懂吗，马鲁斯？我们相信我们是以一种几乎疯狂的方式爱着彼此……"

"不难理解，这种情形真的很特别。"

"如果情况颠倒，如果他是第一个对感情退缩的人，如果他只比我抢先了一秒提出分手，我的反应也会跟他一样。同样也会尽全力把他追回来。"

"但若立场对换的话，他不会继续退缩下去吗？"

"会的！你不相信感情是会让人窒息的吗？而我们都需要空气……"

"所以说他是火，而我是空气？"

"或许可以这么说吧，我希望你能理解……"

"我都了解……"

"我先将视线移开，纯粹是个意外，我可以体会到他的失望，过去我们是那么的幸福甜蜜。"

"无论如何你不可以再自责了。"

"我根本没有。事情本来就应该有个结束。"


但是马托·戴斯凡并没有死，他再度搭上飞机，这已经是今天的第三次了。他看到右下方的热那亚市，位于热那亚湾的白色童话城。在竖直椅背、系上安全带以及禁止吸烟的标志亮起前，飞机飞过了托斯卡纳的上方，正式飞往菲乌米奇诺的达芬奇机场。

在米兰也不需要检查护照，只要向海关挥一挥手上的红色小册子就可以了。

马托以马律斯·英斯塔的身份在达芬奇机场登陆。


在挪威，樱乐与马鲁斯继续打听马托的下落。樱乐虽然认识马托才半年，却比任何人都了解他。马鲁斯则是在念书的时候，就认识马托了。

为了找他，他们搭岛上列车到翡翠山。到了他的家乡，向那边的人打听他的消息。也来到哥柏豪木屋寻找他的踪迹。每到一个湖，他们必定停下来仔细搜寻一番。

"不管怎样，我觉得糟透了，我不知道为什么情绪这么激动。"

"你相信命运吗，马鲁斯？"

"不相信。"

"俄狄浦斯同样也不相信，他想摆脱命运的捉弄，却仍然逃不掉。"

"那是文学的东西，樱乐，或者是迷信。"

"一切都是误会所引发的，他以为已摆脱父母，但却碰巧遇见了他们。"

"当他发现事情的真相……"

"……他便刺瞎自己的眼睛，一切都是合理的。基本上他原本就是盲目不清。"

"你放弃了吗？你相信他真的……"

"我可以感觉到他消失了，我再也看不到他。你听到了吗？他已经不存在了。"


马托走向达芬奇机场的出口，买了一张四千里拉的机场巴士车票，再度混入一群神色疲惫的商人中。

车子开往台伯的途中，他看见路的右边矗立着一栋栋超现实主义风格的国际会议大楼，左边则是垃圾堆。没多久，圆形竞技场便出现在他眼前。巴士到了中央车站就不再行驶，他拦了一辆车到纳佛拿广场，车资四千五百里拉。

时间是七点，正值黄昏时分，他走到圣阿涅丝教堂前的贝尼尼喷泉，走到有着四道泉流的羔羊雕像边。

这里是一切的开始，杜密逊大帝竞技场是他与樱乐相处的第一晚。从那刻开始，他们交织成一体，融合成雌雄同体的生物。


樱乐与马鲁斯又湿又冷地离开国家剧院旁的地下铁，拦了一部出租车前往格弩蓝德镇上的警察局。

"对不起，没有你们要的讯息，但我们已通知所有的巡逻队，他们都已得知此消息。"

"您不是有他房门的钥匙……"

"但是找不到他可能去旅行的证据。"

她摇摇头，像要证实什么似的。马托不是个贪生怕死的人，他一直是勇往直前。

樱乐与马鲁斯今晚暂时分开，她喝了一瓶法波利拉，不断地哭泣，哭泣。


他在纳佛拿广场晃荡了好一阵子。他不知道没有了樱乐，在罗马该如何打发时间。他觉得这里到处都可以看见她的芳踪。

他去了万神殿，这座供奉诸神的庙宇前，聚集了许多的观光客。

他知道他的目的地，早在哥本哈根时，他便已打电话给安得里洛旅馆，预订了一个星期的单人房，价钱是每晚四万里拉。

这家安得里洛旅馆是他们在罗马共度第一晚的地方。一个是"泰乐堡"旅行团的团员，一个是"星之旅"旅行团的团员，两人在晚上十一点后共处一室，整整度过了一个晚上和其后的一个星期。

热情的接吻，亲昵的拥抱。这家旅馆早期是红衣主教的皇宫。甜蜜的原罪。一切都发生在这间小的可怜的旅馆房间内：一张床、一个衣柜和每个人一条半的毛巾。而他们就在那空间只有三尺大的地方，来回穿梭于床、衣柜与狭窄的浴缸中。

如此简单的装潢竟可以变成绚丽缤纷的童话世界，衍生出几千篇故事，这难道不令人匪夷所思吗？就因为那是樱乐的房间……

他们停留在这小房间的时间比在外面的时间来得长，因为房间里有许多的事等待发现。不过他们毕竟还是去了歌剧院，对马托而言，这是个全新的经验。

《托斯卡》。托斯卡，曾向马力欧保证过，他不会被处死，一切都是假的，一场虚构的处决。他将会遭到射击，而他必须装得自己好像死了。


他站在圣天使堡的城墙前：

*我多么英俊潇洒的马力欧！*

士兵开枪射击，马力欧应声倒地。

*就是这样，死掉了，他演得太好了！*

士兵把一件外套盖在他身上，托斯卡从远处观望这一切，内心为即将到来的幸福感到欣喜。

马力欧，不要动！

士兵离开……

安静，不要乱动！

士兵消失后，托斯卡奔向她的爱人：

赶快！起来了，马力欧，我们赶紧逃离这里，快点！

可是马力欧并没有站起来，史卡毕亚骗了她。她跪倒在他的身旁，哀伤地看着鲜血布满了她的双手。

马力欧！马力欧！

她抛开覆盖在他身上的外套。

死了！死了！

她趴在他身上。

马力欧！你死了吗？就这样死掉了？为什么？


动人心魄。但却是真实的，马托，这是真实的。生命就是这么的充满戏剧性，我们被引导进入了童话的世界里，我们是真实存在，马托！你有没有想过这个问题？这不是很奇妙吗？我们会继续一起度过一段时日，彼此深爱对方，相互拥抱，或许我们还会有小孩。然而生命实在是太短暂。突然间，马托，突然间，我们就被硬生生撕开了……

马托有意识地走向古练兵场上一家装潢朴素的旅馆，经过马达雷娜街和梅塔司塔欧街。他进入旅馆的前厅，装得泰然自若，像是他上星期才在这里住过，他希望门房不会认出他来。

"对不起，您的护照借看一下……"

护照？好的，但他已经在菲乌米奇诺把它撕成碎片，丢入废纸篓里了。他忘了带，他这么回答。放在拿波里的一个朋友那里，但已经在邮寄的途中。为了表示歉意，他或许可以马上付清一个星期的住宿费，一共是二十八万里拉。早在米兰的机场，他就已经把剩余的钱都兑换了。

他们以前曾经住过这家旅馆，他能否再住上次那个房间呢？房间号码是三二九。

他走向电梯，觉得她好像与他一起。他体内的血液沸腾汹涌，心头小鹿乱撞。接着他打开那间狭小房间的门，一切还是和上次一样：床、衣柜、小桌子。

只有新娘不在那里。

# 第三幕

马托在安得里洛旅馆住了一个星期，他的钱还很多。他以前花钱总是很小气，但现在钱还没花完之前，是不能死的。

之后，他搬到一间位于特拉斯特的廉价公寓。几个星期后，马托缓慢地从魔咒中苏醒过来。

第一天，他只是在古练兵场上溜达，重温他以前与樱乐一起游览的地方：万神殿、纳佛拿广场、西班牙广场、特落薇喷泉，这些都是他们当初热恋时到过的景点。

他来到圣安德烈大教堂，这里是马力欧和托斯卡在第一幕相遇的地方。我的美人鱼……我那善妒的美人鱼……我告诉你，我永远爱你。

他到可索维多利亚街搭上六十四路公交车，前往圣伯多录教堂广场。途经位于街道右侧的圣天使堡。此外，还有哈德里安国王的陵墓、外表看似结婚蛋糕的建筑物、监狱。

圣天使堡，是马力欧命丧黄泉的地方，也是他写诀别信给托斯卡的地方，在那里他还唱出了《星光亦暗淡》这首歌。托斯卡带来了获释的信函——自由！那是一张他俩的通行证。但他却只见了她一面，因为他终究逃不过死亡的命运。随后不久，托斯卡亦从塔上跳了下来，随他共赴黄泉！

罗马这个城市使他着迷，他研究这个他曾经到访的地方……他信步走到罗马广场，随身带着面包和一瓶红葡萄酒，坐在帕拉丁，眺望这座古老的城市。

他在梵蒂冈博物馆花了一整天的时间。隔天参观了圣彼得大教堂，站在米开朗基罗雕刻的《母爱》雕像前：上帝的母亲——圣母玛利亚，双手抱着被钉上十字架的儿子，看起来是如此美丽、纯洁与年轻，因为她原本就是不带原罪降临在这世上的。

他还想办法获准进入教堂底下的古罗马时代的墓园，冒充成一名考古学博士。

一位虔诚的天主教徒向导，领着他参观位于梵蒂冈山丘上的坟墓，只见天主教与异教的墓碑排排并列着。

就在这里，马托打消了他的念头。

死亡不再只是个诱惑，反正他现在正身陷在一片死亡中，被那么多曾经热情活跃过的生命所包围。

为什么马托还要死呢？事实上他已经死了，在挪威没有人想念他，他已断绝了所有可以与自己联系的渠道。

马托现在是在地狱、在冥府，是个漂泊不定的灵魂，是后人捏造出来的人。

马托不愿意死，他太喜欢这个城市，太喜欢那些与樱乐有关的回忆。

马托会画画。他曾经在工艺美术学校念过几年的书，他可以帮纳佛拿广场的观光客画素描，每幅一万里拉。

他买了一个画架，生意还不错。助学贷款的钱还剩下八千元。

就这样过了一个冬天。马托·戴斯凡变得越来越像个意大利人。一开始他还担心会被认出来，因为在罗马遇到一位已死去的朋友绝非一件奇怪的事。

所以他留胡子，蓄发，有时会在眼睛的部位稍微化一下装，或是戴上太阳眼镜。

他学习意大利文。有一天他还帮昔日的同窗画了一张肖像，却没被认出，这点让他觉得很安心。他的伪装实在太完美了。

这期间，他不再从纳佛拿广场的女性身上找寻樱乐的身影，但他还是继续他上午的课程——参观许多的教堂。有时他会在圣母像上看到樱乐。

在特拉斯特佛的圣赛茜尔教堂内，他看到了樱乐的身影。他常到这间教堂来，教堂是洛可可时代的建筑，外表有如杏仁蛋糕，深深吸引马托。教堂内的祭坛前躺着圣赛茜尔的雕像，形体与真人一般大，大理石雕刻，美丽的躯体用一块薄薄的布覆盖着，是那么地形而下，只有天主教艺术才办得到。这才是所谓的女人！

感官知觉涵盖了天主教的虔诚，或是说天主教的虔诚涵盖了感官知觉。就在这座外形好似杏仁蛋糕的教堂里。

他是多么地想念她啊！

樱乐！樱乐！


挪威的家中，樱乐躺在沙发上哭泣。早上醒来，她拖着身体走向厨房，靠在餐桌前，两手蒙着脸。泪水滴落在早已变冷的咖啡杯里，她又泪眼婆娑地坐进了巴士。

就这样度过每一个小时、每一天、每一个星期……

马托！你这个会变法术的奇怪家伙，你来自哪里？又去了哪里？

你难道不知道我爱你吗？！

是我自己不了解这一点！

秋天的脚步远离，天空开始飘起雪来，遮盖了所有的痕迹，治愈了所有的伤口。

偶尔她会和马鲁斯碰面，他们如今就像兄弟姊妹一样，她失去了她的爱人，而他失去了他最好的朋友。

兄弟姊妹——他们之间应该仅是这样的关系，樱乐希望马鲁斯能够理解这一点，可是她总觉得马鲁斯还期盼别的。


到了二月，他决定回头，回到肯诺赛，他已准备好面对他所必须承担的后果。

他写了一封信给樱乐，这封信应该在他回去前几个星期寄到樱乐的手中，这样事情会比较简单。

亲爱的樱乐：

当你打开这封信，表示你又得承受我带给你的第二次震撼，最好先让自己坐在一张舒适的沙发上，试着忘掉所有的伤心事。

我没有死，并不是我丧失了寻死的勇气，而是事情往往不会按照原本的计划进行。

我来到罗马，在这里有了新的开始，也经历了一些事。

我很寂寞，但并不痛苦。我想了我们之间的许多事……

我写这封信的目的，是想免去你在街上遇到我时的惊骇……我当然也知道，必须向警察局报备……

我到家时，会寄给你一张卡片。如果你愿意，欢迎来找我。但你不一定非得这样做，这我能够理解。或者你们两个也可以一起来。

光阴似箭，已经过了好长的一段日子，这期间我一直以艺术家与学生的身份过活。你呢？或许你已经结婚了吧？

马托

然而樱乐并没有收到这封信，她度假去了。计划到罗马待一个星期，因为对马托的思念驱使她动身前往罗马。

她勉为其难地让另一个人随行，不过她声明，她要自己一个人一个房间。她希望在罗马能有自己的时间，但是午餐和晚餐还是可以一起享用……

他们参加了"星之旅"旅行团，樱乐与马鲁斯在安得里洛旅馆前跳下了巴士，就像那些经验丰富的旅行者。

她是否还能住在三二九那间房呢？她……一年前还曾经在那里住过，整整一年以前。

门房停下来，仔细思考了一会儿。有几秒钟的时间，他就拿着钥匙站在她面前僵硬地说：

"三二九？你确定？"

"是的，麻烦你……"

"好！好！三二九号房！"

她拖着她的大行李走向电梯。

打开三二九号门：

一张床、一个衣柜……

马托！没有你，这世界是多么的空荡。

她逛了逛罗马。

马托在纳佛拿广场画画时，樱乐则在特斯卡尼内吃东西。

马托坐在西班牙广场斟酌他回家的计划时，樱乐则在科多蒂街上的希腊咖啡馆喝咖啡。

马托在圣彼得大教堂前的广场喂鸽子，樱乐则参观梵蒂冈博物馆。

马托渡过台伯河到法波利丘桥岛，樱乐则去了特拉斯特佛的跳蚤市场。

马鲁斯常让她独自一人，他是那么的体贴、善解人意。

他们一起在特拉斯特佛吃饭，她喝了一瓶巴洛洛和一杯咖啡配白面包。

他们找回了马托失踪前那个星期彼此交谈的说话语调。

随后他们回到了旅馆，她买了坎帕利放在房间里，一共六小罐。在她再次进市区前，她先喝了一小杯。

马鲁斯试着让自己显得魅力无穷，诱惑力十足。他希望能融化她的心，让她产生触电的感觉。

他搂着她，想要和她上床，他一再地恳求。

但她拒绝了。

"我说过'不'了，马鲁斯，我们之间只能当朋友，好朋友，除此之外，就没什么好谈的。"

"他已经死了，樱乐，他不能梗在我们之间。"

"你人很好，马鲁斯，真的很好，但这不是问题，而是……"

"只要一次，樱乐，今天就好，下不为例。我们两个都很寂寞，应该彼此安慰。"

"但是不要在这里，你必须知道，这是我和他的房间……"

"来嘛！"

他喝了许多的酒，占了上风，加上罗马现在是春天……

"你胡扯，"她说，"全都是胡扯。"

他把她的坎帕利浇在自己头上，红色黏稠的汁液。他微笑，情绪激昂，酒使他乱了性。他再也控制不住，把她压倒在床上。

而她也接受了他。

半小时后，她从床上坐起，觉得很尴尬，情绪难以平复。她觉得自己被利用、被骗了，但这不仅是他的错，她自己也不对。

她去洗澡。

"我们晚上还要散步吗?"

"好，马鲁斯……可是，你……"

"什么?"

"不管怎样，过去我们曾经拥有一段很美好的时光，只是现在必须结束。答应我，马鲁斯，这一切都得结束。"

"我答应你。"

他双手在胸前画个十字，好像圣母玛利亚接受了他的诺言似的。

他们在城里信步闲逛，走过万神殿、梅塔司塔欧街与马达雷娜街。

櫻乐不由得想起古代的万神殿里，人们是如何庆祝圣母玛利亚升天：以薄纱做成的云朵以及纸制的天使装饰屋顶，然后将稻草做成的玛利亚娃娃用滑轮往上拉，穿过屋顶上的一个大洞，看着她慢慢在云朵与天使间消失：

哈利路亚！哈利路亚！圣母玛利亚升天了！天使们群体欢呼！

一切是那么的纯洁无瑕，但一想到这场庆祝仪式，她不由得打了个寒战。

之后他们前往人们口中的罗马客厅——纳佛拿广场。她让他挽着她的手，如果她都可以和他上床了，那么这也就不算什么。反正就快结束了……

他们来到由贝尼尼设计的四河喷泉前的广场，在那里随兴踱步。

圣阿涅丝，遭一名罗马士兵将身上的衣服撕裂，那时只见她的头发在短短几秒内迅速变长，盖住了她那裸露的身躯。之后一道神秘的光线射入，一件不属于人间的长袍紧紧地包住她。


马托站在画架的后面，这是他在罗马当街头画家的最后一晚，星期三他就要飞往奥斯陆，搭意大利航空八点十五分的飞机，从达芬奇机场起飞，而从中央车站往机场的巴士则是六点半开出。

他要飞回挪威的家，回去找櫻乐。

这期间她应该已收到他的信了，她作何感想呢？

家乡的人应该都期待马托的归来，因为他从冥府回来了，就像尤莉达可或是拉赛弩司。不，不能跟他们相提并论，这些《圣经》的故事闻起来有尸体腐朽的味道……

接着他却看到樱乐在纳佛拿广场！

他傻了眼。

"樱乐！"

她与别人搂在一起，一股强烈的醋意涌上心头。

这期间他们一定结婚了，不，一定是结婚了好一阵子，看他们充满爱意地臂挽着臂，手拉着手，像是一对浓情蜜意的夫妻。

她一定是怀孕了，他心想。或许他们正在度蜜月。

樱乐，你怎么可以……

但是她并没有收到信啊，那封信与她正好在阿尔卑斯山的上方擦肩而过。

他必须和她说话，他不能没有同她说话就这样飞回去。他必须告知他要回去的讯息，他的浪子回头，他的出走……

难道他感受不到一丝丝的希望吗？

但不是在这里，他不要在这里被认出来，只要樱乐旁边的那个人在，他就不愿意暴露自己的身份。

樱乐在某个画家的摊位前找了个位子，那是马鲁斯的主意，由他付钱，因为他想拥有一张她的画像。

她咯咯笑着坐了下来，带有一点微醺。

在马托的面前，她一样也能坐得这么好。

在纳佛拿广场、在杜密逊大帝的竞技场上，樱乐留下了她的画像。她看着那位画家，酷似现代版的马里奥·卡瓦拉多西[①]。

"托斯卡……"

马力欧，她想，还有马托！

樱乐想到这两个名字念起来还有点类似，为什么她从来没有注意到这点呢？

我真是笨啊！她心想。

马托站在离画架一小段距离的地方。他不怕被她认出，不是因为他们俩之间相隔一段距离，或是因为他躲在画架后面，还蓄了胡子和长发。而是绝对不会有人想到会在罗马的某一个地方，遇到一个已经过世的人。

他开始画她，马托站在杜密逊大帝竞技场上为樱乐画画。从这里属于他俩的地方开始算起，正好过了整整一年的时间，包括这个城市，以及他们一起在这里度过的日子。

他将她画成蒙奇笔下的圣玛利亚，下笔迅速、利落，却非常高雅。

马托的热情被燃起，他内心的防线崩塌了，刚刚过去的还真是一

———————————————

① 马里奥·卡瓦拉多西：Mario Cavaradossi，普契尼歌剧《托斯卡》中的人物。在剧中于教堂绘画圣母像。

个漫长的冬天。

许多人开始聚集围观。

他究竟在画谁呢？并没有模特儿啊！

"太漂亮了，先生，真的是杰作……"

"太美了！"

"真是个艺术家呀！"

马托的心情错综复杂，他的内心刮起了狂风暴雨。他伤心欲绝，泪水在眼眶里打转，他哭了。

没有人敢说什么。

蒙奇在画的左下方画的是一个人的骨骼或是胎儿，或两者兼有。马托画的是自己双膝跪在地上。

之后，他知道该怎么做了，他抽出一支笔和一张纸。


　　樱乐，我人就在这里，原谅我，但这不只是我的问题。我再也无法控制一切，所有的事就这么自然而然发生了，该来的总是要来。我必须和你谈谈，樱乐，在圣天使堡塔的平台，樱乐。明天十二点，别怕，但请一个人来，答应我，我不会搞砸任何事的。


他把纸折一折，抓住一个小男孩，给了他一张五千里拉的钞票，指指樱乐：

"那位小姐……"

"好的、好的，先生，谢谢您！"

"麻烦你了。"

他离开那个地方，画架与圣玛利亚的画像丢在原地。画像前的人群越来越拥挤，大家对这幅画皆赞赏不已，然而就是没有人敢去碰它。

"真是幅大师之作！"

"才短短的五分钟就画好了！"

"你们有没有看到他在哭？"

"是个真正的艺术家呢！"

他离开前，转身看了一下小男孩将纸条交给樱乐，他走过可索维多利亚街道，经过"花乡"，穿越过犹太区和甘利巴弟桥，而后回到公寓。

樱乐！樱乐！

"打扰了，小姐，您的信。"

"你说什么？"

"您的信。"

"谢谢！"

她摊开了纸条，随即从坐的小板凳上跳了起来：

"是马托，马托！"

"我看看，樱乐，这一定是个误会。"

"不，不，这是他的笔迹，我看过，马鲁斯，我知道。他一定就在这里，在罗马……"

"走！"

"我怕，我真的好害怕。"

他们付了画钱，马鲁斯把那张才画了一半的画卷起来夹在手臂下，离开了那个地方。

倘若他们稍微四处张望一下，就会发现很多人挤在一个画架前。

几个小时后，整个纳佛拿广场早已空无一人，只有马托的圣母玛利亚画像与画架还摆在圣阿涅丝教堂前。


隔天马托很早就醒了，前晚睡觉前把时钟往前拨了一个小时。

夏季……

上次他和樱乐一起在这里的时候，也是把时钟往前拨了一个小时。

"夏天……"那时他们一起庆祝夏天的到来，就像是在庆祝订婚一样。

马托曾经到过阴曹地府……而今天他就要与樱乐见面。他无法理解为什么事情必须得这样结束，那实在毫无意义。一定是哪个地方不对劲，一定有办法补救。

他整理房间，洗澡，吃饭，然后进城去。

去年秋天起马托就没有刮过胡子、理过头发，所以他去了理发店，因为今天要和樱乐见面，他希望她看到他时，他仍和以前一样……

"早安，先生，刮胡子吗?"

"是的，麻烦您!"

"还要理发吗?"

"要……"

理发师一时手滑，刀子划破了马托的脸。

"对不起，对不起。"

"没关系，先生。"

他流血了。

笨拙的理发师小心翼翼地将血从马托的脸上拭去，然后涂上药膏。


樱乐清醒着，一整夜都是如此。

在三二九号房里……她望着窗外，目光投向后院。

他怎么能够就这么简单地离开她? 他怎么能够在没有她的情形下，独自在罗马生活半年，竟然一次也没回来过，也没捎来只字片语?

但最初不是她先抛弃他的吗?

她不敢期望能再度拥有他，半年了，他一定交了新女友，或许是在这里的挪威语言中心认识的。此外，罗马还有一些挪威的侨民团体或是斯堪的纳维亚协会，不怕没有机会。

他的女朋友或许是个学艺术的女学生，也许是个纯正的意大利人，也有可能来自落后地区。反正明天她就会见到他。真希望赶快天亮。

马托！马托！

他穿越城市。

圣赛茜尔—克里斯蒂新娘，在马克·阿里亚王的统治下，被判关在炙热的蒸汽室内处以死刑。她的尸体在一千五百年后被发现时，仿佛一位刚睡着的少女躺在床上，完好无缺。圣赛茜尔还发明了管风琴，她听到了天使唱歌的声音，于是被赋予制造出可以模仿天堂音乐的乐器……

瑟丝托桥、法波利丘桥岛……

他来到俗称的"花乡"。一六〇〇年，乔尔丹诺·布鲁诺曾在这里被处以火刑，因为他宣称宇宙是无止尽的……今天这里则是个鱼肉蔬果市场：有绿色多汁的无花果、又大又白的牛胃和一些精致的食品，晚上则是罗马烟毒犯的聚集地。

随后他来到可索维多利亚街，前方的右边就是圣天使堡，时间将近十二点。

他在路上看到有些时钟尚未调整夏令时间，有几个钟的指针接近十一点……

八点，樱乐才刚睡着，闹钟却响了。

她穿上衣服，到街上去，进了一间小酒吧："请给我一杯黑咖啡和小面包。"

她该怎么消磨这段漫长的等待时间呢？

喝完咖啡吃完面包，也许她该搭出租车前往圣彼得广场，她可以在那儿稍微散散步。或许还可以参观一下圣彼得大教堂，反正她待会儿要去的地方就在……

马托爬上圣天使堡塔上的平台，再过五分钟就十二点，他选的地方容易辨识，他曾和樱乐到过这里。他确定她会来，因为谁都不会放弃能与刚刚才从地府绕一圈回来的人见面的机会。

圣天使堡，原本是作为哈德里安大帝埋葬的场所。这位国王死于水肿，生前饱受病痛折磨。他企图贿赂他的仆人，请他们指出心脏下方，可以用刀子迅速刺入致死的部位。

他死前，写了一首《告知灵魂》的诗：

温柔、轻巧的灵魂，

你是肉体的客人也是伙伴，

现在你欲往何处？

你是如此的苍白、生硬与空洞，

不若以往那般充满了戏谑。

圣天使堡，外表看起来就像是个结婚蛋糕，马托与樱乐曾在这蛋糕的顶端上约会。

不！她一定结了婚。生命是多么的残忍不公啊！

樱乐、樱乐——你会来吗？现在已经十二点五分了，马托渐渐感到不安。

十一点五分，距离与马托见面还很久，这时樱乐就站在圣彼得大教堂的巨大圆形屋顶下方。从她站的地方仰头刚好能看到上面所写的字母，高度约有两米。在如此宏伟的教堂里，人更觉渺小，就像是小孩无法抗拒神的命令般。

马托在塔上等待着他的爱人，时间是十二点十五分……十二点半，樱乐！樱乐！为什么你还不来？

她离开了圣彼得大教堂，徐缓却目标明确地经过"和解之道"，那条路是从圣彼得大教堂通往圣天使堡的必经之路。

"和解之道"，是否寓意她与马托也有可能和解呢？

十二点四十分，为什么她还不来？马托变得很紧张，他事先没有预料到这种情况。樱乐，樱乐，为什么你要抛弃我？

随后他忽然想到，樱乐和马鲁斯已经结了婚，现在正是新婚之旅。他们当然不愿意蜜月让一个从地府回来的人给毁了；也没有人会愿意在新婚之旅的时候与旧情人约会，特别是与一个已经被认定死亡很久的人。

他也太天真了。为什么会相信樱乐会愿意与他见面呢？他已经害她承受了那么多的罪恶感。

若在九月就让这一切结束掉，情况一定好得多。根据自然法则，他本来就应该要离开的。

马托下定决心，不能将余生寄托在一个不再爱他的女人身上，让自己像个累赘，像那些没有中奖的彩券一样……惹人厌的……

打从儿童时期，马托就习惯在腰间放把旅行刀，现在他知道原因何在，他知道这把刀的用处了。他要为自己做一些事，就在这圣天使堡的前院，在这个邻近地狱的地方。

突然之间所有的事都合乎了逻辑。他并不是第一个死在圣天使堡的人。

他似乎听到了马力欧吟唱的《星光亦暗淡》：


星空闪烁，

地野苍茫，

花园的门儿嘎嘎作响，

传来匆忙的脚步声，

宛如是天神降临，

她跪倒在我的胸旁……

哦，那甜蜜的亲吻与柔情的爱抚，

多么希望能揭开那诱人的外表！

魂萦梦牵的爱情已经永远消逝！

时光不断溜走，而我将在绝望中死去，

我这一生不曾如此深爱过一个人！


在"和解之道"上，樱乐看了时钟一眼——十二点四十五分，她吓了一跳，看了一眼自己的表，赶忙抓住一个过路的神父，用不太流利的意大利文询问，并指了指自己的表。

"现在是十二点四十五分，小姐，因为夏季的缘故。您难道不知道吗？"

您难道不知道吗？当然现在是夏季，她与马托在罗马的时候，也是夏天。她疏忽了这点，这是个误会。

马托！马托！我希望我没有来得太晚，你还会在塔上等我吗？

樱乐奔向圣天使堡，她看到城堡上方的平台站了许多的人，最左边那位不正是马托吗?

我多么英俊潇洒的马力欧!


时间将近一点。马托紧靠在天使铜像旁,把刀子从剑套中拔出,充满果决和力量。他可以一人独自完成。他不是哈德里安大帝,需要仆人推他一把。

首先他割断自己的脉搏,再把刀子刺入胸膛,然后纵身一跳。


樱乐冲进了圣天使堡里的练兵场,她有一股不祥的预感。眼前有许多人渐渐围向大天使米歇尔铜像的下方。

她推开人群,推开第一个围观者……第二个围观者……然后是警察。她俯身在一个人的上方。

"死掉了,这位先生死掉了……"

樱乐跪在他面前。

"站起来,马托,听到了吗? 站起来!"

"死了! 死了!"

她扑在他身上。

"马托,看在老天的分上,站起来!"

她举起手臂。

"这是个误会,误会啊……"

"您认识他吗，小姐，您知道他是谁吗?"

她哭了，抬头望向警察。他抓住她的手臂。

"您知道，他叫什么名字吗?"

"……马里奥·卡瓦拉多西。"

这时，马鲁斯走了过来，抱住她说:

"他已经死了，樱乐，走吧!"

她冷冷地看着他，目光笔直且阴森。

"都结束了，樱乐，都结束了……"

她挣脱他。

"还没有，还没有结束。"

她完全融入了自己所扮演的角色，似乎有什么东西支撑着她，她知道接下来要做什么，她已经背熟了剧本，不费吹灰之力就可以演出了。她跑向建筑物突出的地方，爬过栏杆。

"樱乐，你要做什么? 住手，樱乐，你疯了吗?"

马托，我们一起共赴黄泉。

然后她掉了下去，跌落在圣天使堡下方的台伯河岸边。这一刻，奥斯陆的家中，一封信正好投进信箱里。

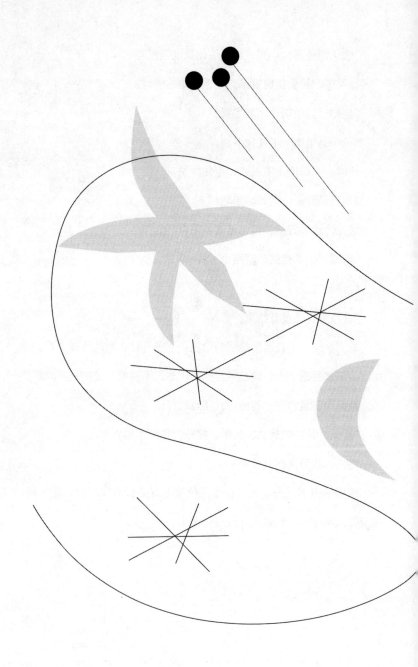

自　由

晚安！我们边说边张开双手，然后替自己点上一根香烟，担心地看了一下四周。希望我没有说错什么。

这种自以为是的举动是怎么产生的呢？

我们在有限的时间里，来回在宇宙的一个世界中穿梭爬行，但却在看了电车一眼后给吓坏了。

与死亡相比，我们似乎更害怕活着。而害怕别人的恐惧之心似乎更大过浩瀚星辰所带给我们的惊骇。

不论我们是谁，不管我们做了什么，在几千几百年后都会被遗忘。从这个事实来看，我们是不是应该可以不要担负责任呢？我的意思是说，难道我们就不该把自以为是的这种举动，当作是自己的优点使用，使它更丰富些吗？

若生活上所有发生过的事，在未来都无法遗忘，毫无疑问，那一定会令人感到很不舒服；然而若是我们能这么想：明天——到了明天，所有的事都可以忘得掉吗？对我们而言，这不是也意味着一种几乎无法束缚的自由吗？

自由

我并不是要呼吁大家不负责任，只是我们真的需要让自己没有忧虑；我们没有必要去想死后的讣闻要怎么写，这样便可以摆脱束缚，重获自由，活在当下。

致命的咳嗽

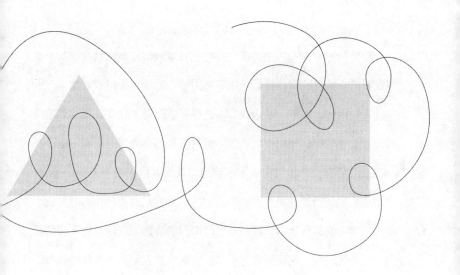

苏薇格不吃夹心巧克力糖。有时教会聚会前或聚会后与教友一起喝咖啡时，她才会赏给自己一块巧克力吃。曾经也在早餐时吃下一整条的杏仁面包。此外，她边做家事边哼着歌曲时，也会含块水果糖或其他什么在嘴里。她根本就不胖，但对夹心巧克力就是敬谢不敏。

夹心巧克力糖里可能包了雪莉酒，或是其他的酒类，例如蜜酒，会造成头脑不清楚或使人产生邪念。所以人们吃夹心巧克力时，根本就不知道会吃到什么！即使是圣餐时喝到的俗称"耶稣的血"的葡萄酒，就她听说的，也可能含有酒精。在教堂法衣室后方牧师的办公室里，她已经问过牧师好几次，所谓"耶稣的血"究竟是不是真的不含蜜酒或是梅得莱酒。她必须要知道真相，因为她一直觉得圣餐的酒很好喝。

她终究还是成了罪恶一族。连街角一家生活用品店也卖啤酒。她曾经想过用存款将这家店所有的酒全都买下，然后倒入水沟里，反正喝了它迟早也会在堕落中毁灭。尽管如此，她个人的力量并没有强到可以阻止超市销售酒，而这也是她一直以来不断和耶稣以及她所饲养的鹦鹉探讨的问题。

每隔一段时间，苏薇格就会阅读《圣经》里摩西带领信徒出埃及的故事，而描述天主在埃及创造许多奇迹的那一部分是她最喜爱的。每每读到天主决定惩罚他的以色列子民时，她先是会心一笑，紧接着便是拍着大腿畅怀大笑。她觉得最精彩的部分是天主为了惩罚法老，将尘土变成数以万计的蚊子，令其攻击人畜；再继续往下翻，便会读到天主在红海显现的神迹。在那里摩西、亚诺与其余的群众在一名天使的引导下穿越了红海，此时，埃及的军队却遭到海水的吞噬，无人生还。她看到眼前尽是埃及兵，看到他们一个个陈尸在海岸旁。可是现如今为什么天主就不派他的使者来地球约束一下那些超级市场呢？这一直是苏薇格无法理解的事。

秋天带来了感冒与咳嗽，茶配蜂蜜和丁香花的疗法早已失效，苏薇格需要药效更强一点的。她将她的情况详细地告知药剂师，于是药剂师便推荐给她一瓶"卑尔根止咳剂"。真是有趣，苏薇格心想，我们住的这个地方——卑尔根，竟然生产我们自己的咳嗽药水。

她一回到家便立即打开那小瓶子，倒满了一大汤匙。咳嗽液的味道闻起来呛鼻且奇特，但对她的身体毕竟有益，何况她的身体还是上帝的一个圣殿。这天晚上她也是如此这般告诉她的鹦鹉。

她继续喝了一汤匙，然后又一汤匙。这药真是神奇，在喝了六汤匙之后，咳嗽便消失了。不过，人们永远不会察觉发生了什么事。摆在苏薇格面前的是一个漫长的夜晚，于是第七汤匙、第八汤匙纷纷进到她的嘴里，而她的嘴巴也没抗议过。夜晚将尽时，瓶里只剩下一点点汁液，苏薇格于是将最后一口也喝掉，这并没有什么不妥，反正她可以再到药店买。

药液引起的作用，使得苏薇格这个晚上做了很多奇奇怪怪的梦。或许这个药还是神给她的答案，这点她真的相信。最近几天，她一直是一边咳嗽一边念祈祷文，今天晚上她几乎还没念祈祷文就睡着了。而撒旦正是利用这种方式引诱信仰上帝的虔诚小孩。

隔天早晨她既满足又兴奋地醒过来。更令她高兴的是，早餐后她又连续咳了三次，这表示她待会儿还得到药店去。这次她对亲切的药剂师说买两瓶"卑尔根止咳剂"，毕竟还无法预知这场严重的咳嗽会持续多久，所以备足药放在家里会比较好。

"对不起，我一次只能卖给你一瓶。"药剂师这么说道。真是太奇怪了，苏薇格心想，他们还真是循规蹈矩，只销售一定药量，又偏偏是"卑尔根止咳剂"！照说啤酒和香烟还有可能，但是"卑尔根止咳剂"……

卑尔根哪里还有药店呢？苏薇格来到位于城市另一端的"雄狮药店"，又买了一瓶"卑尔根止咳剂"。

像个骄傲的女王般她回到了家，把瓶子放进冰箱。目前她还不想马上打开，要保留到晚上。但下午的时候，她已经好几次来到厨房，拔开瓶塞，闻闻药水的味道。那味道闻起来还真的是乳香及没药的气味，而她就像是三王①中的一人，将药水放在耶稣诞生的马槽前。毕竟耶稣分担了人间的疾苦，偶尔也会声音沙哑。不过有一点可以确定的是，苏薇格不必担忧如何才不会让耶稣受冻着凉，事实上是圣母玛利亚才必须操这个心。

夜晚降临时，苏薇格穿上一件质地不错的衣裳，以表示对冰箱里那两小瓶药水的敬意。这次她不再犹豫不决，将一些咳嗽药水倒进咖啡杯，然后坐到鸟笼前，因为那只鹦鹉是她最好的朋友，就像是上帝一样。

这晚她很重视自己的健康状况，仔细算准足够的药量服下。先是一小杯，然后又是一小杯，之后再一小杯。她试着翻阅几篇祈祷文，但就是无法集中精神。这晚她看到许多奇怪的字，不，应该说是字母。老实说，她一直无法挣脱这些字母，单单字母A，就像两条叉开的腿，看上去是那么滑稽逗趣，以致苏薇格必须克制自己别笑出声来。另外，A也是天主——以色列人的上帝所创造的第一个字母，因为亚当的第一个字母开头便是A，然后天主才陆陆续续创造出其余的字母，直到挪威文的出现，带有神圣光圈的A，几乎已是神启的字母了。

她隔天早上醒来，厨房的桌子底下放着两个喝完的咳嗽药瓶。

---

① 三王：此处指东方三博士，《新约》马太福音中记载东方博士朝拜出生不久的耶稣基督，并将黄金、乳香、没药作为礼物献上。

对于苏薇格而言，一种崭新的生活开始了。

很奇怪地，持续造访药店让她觉得越来越不舒服。她感到很不好意思，因为她的咳嗽迟迟无法痊愈。

为了不让自己尴尬不舒服，在买棕色小瓶子前，她都会先买药膏、维生素C或是一盒老虎油。

城市里有很多家药店啊！她现在才发现。

每天苏薇格总会到那些药店转上一圈。回家与她的鹦鹉说话前，手提袋里就多了三四瓶咳嗽液。她常听别人提起感冒需要照顾，因此每天晚上便一人分饰病人与照顾者的角色。

某天早晨她的感冒竟然好了。无论如何努力，她就是咳不出来。她清清喉咙，掐住脖子，用尽了各种办法，但咳嗽就是不见了。

鹦鹉嘲笑她这种徒劳的尝试，但她还有两瓶咳嗽液放在冰箱里呢。到了晚上，她悄悄绕过鹦鹉来到厨房，从冰箱里拿出一瓶，好对抗感冒带来的劳累。喝完后，又把剩下的那瓶也喝了。

隔天早上，街上积雪盈盈。苏薇格感到一丝丝头痛。

最近的日子如白驹过隙匆匆而逝，转眼间就到了基督降临节和圣诞节。

为了对抗感冒与咳嗽，苏薇格度过了一个美好的秋天。过去的几个月里，一对看不见的天使羽翼带领着她飞翔。但她现在有点担心接下来可能会发生的事。

她交了一个新朋友。以前只有鹦鹉和祈祷书，现在还多了咳嗽液，或者该说是"卑尔根止咳剂"，这样听起来比较好一点。

四五十年前，她曾经谈过一场恋爱。过去的点点滴滴，她还记得一清二楚，宛如昨日才发生过。而这整个秋天，也同样令她难以忘怀。带着恋人般忐忑不安的心情，她每天必定上街购买咳嗽液，然后晚上时，在鸟笼前慢慢品尝。

除了对咳嗽液的迷恋外，其余一切还是和以前一样，苏薇格还是不吃夹心巧克力糖，放弃巧克力和水果软糖对她也不是问题。不过，她有个表哥星期天的时候总要喝上一瓶黑啤酒。而令她觉得越来越难受的是，在购买牛奶和奶酪的同时，还必须忍受那外貌丑陋令人厌恶的啤酒瓶。

长久以来，她就觉得这种棕色的啤酒瓶讨厌无比。不过最近她已经能接受玻璃瓶的颜色，因为瓶子本身的颜色并没有罪。

教会聚会时，有人告诉她，她气色红润、活力十足且爽朗自信。然而她并没有因此就把咳嗽液的秘密告诉别人，她不是那种会滥用朋友间信任感的人。如果整个教会的人都去药店朝圣，购买咳嗽液的话，会发生什么事呢？

苏薇格的感冒终于好了，就像是一天的生活结束一样。第一天没有咳嗽液的日子还可以忍受，第二天就有点受不了了，第三天她人已经在"天鹅药店"里。

"需要什么，安德森女士？"

苏薇格买了一小盒老虎油和一瓶咳嗽液，然后到"北方药店"也买了一瓶，之后又去位于莱牡斯麦尔大道上的"雅德乐药房"买了一瓶。

喝点咳嗽液来治疗咳嗽铁定没错，如果她不乖乖服药的话，明天或下星期可能又会咳嗽。她已经有三天没当乖女孩了，有鉴于此，在回家的路上，她就喝掉了一瓶。

在"莱玛斯"糕饼店，她喝了一杯咖啡，吃了哥本哈根的特产。那些正在阅报的男人没半个注意到，她又尽了她的义务：熟练地打开黑色手提袋，喝掉第二瓶。并不是因为她咳嗽了需要喝药水，而是为了保险起见。

这瓶咳嗽液马上就发挥功效，她立即觉得精神好多了，然后便飘飘然地回家去找她的鹦鹉。

"亲爱的宝贝！"她打开门时唧唧喳喳地说道，"妈妈回来了！"

她喝了一瓶又一瓶的咳嗽液。日子就这样过去。

不久便是祭奉圣玛利亚与圣约瑟的日子，为了表示对丝坎卡登这个地区所有先知们的敬意，她在窗户上挂了一颗圣诞节装饰用的星星，还烤了七种不同样式的饼干，每个星期一与星期四再把它们全部丢进垃圾桶里。

苏薇格的圣诞节一直持续到复活节结束。这期间襁褓中的耶稣已长大成一个穿着罩衫和凉鞋的男子。三月的最后一个星期五，她参加了耶稣被钉十字架的传统活动，为此她特地准备了一整桶的香草牛角面包。星期天早晨，耶稣从死亡中复活，就像他早先在教会里所预言的一样。不过苏薇格自己则晚了几个小时才醒来。现在几乎所有的病痛都已治愈，原本还有一点小小的不适，也都让咳嗽液给治好了。

整个春天她一直保守着自己的秘密恋情，而她的恋人也没有抛弃过她一天。她总是用充满爱意的手激情沸腾地紧紧抱住咳嗽液的瓶子。

当她必须与每天喝完的空瓶子分开时，有时甚至会感到悲伤。不过毕竟瓶子看起来都一样，因此所有的瓶子对她而言仿佛同一个人似的。

苏薇格的生活本来是悠悠闲闲的，但现在的她却越来越忙。她每天都会到市区去转一圈，因而她常会在路上碰到很多人对她微笑，而她也会亲切地对他们点头示意。这段时间她也习惯在每家药店由不同的人为她服务，渐渐地，她有了自己一套完整且充满意义的行动计划。

晚上她偶尔会幻想那些小瓶子就像是她流浪的孤儿，在她一个个亲吻完它们后，就会被清洁工再次送回药房去。

春天的枝丫才刚探头萌芽，她每天对咳嗽液的需求量就已经增加到四五瓶。她的手提袋每天照例装满棕色的小瓶，足够与鹦鹉一次正式谈话所需的用量。

多亏了咳嗽液，她现在才不再有喉咙痛的情形出现。吃饭时，喝啤酒是件多余又愚蠢的事，但相反的，购买咳嗽液却可避免喉咙痛的毛病。

然后，突然间所有的事都不一样了。这一天咳嗽液的味道闻起来就是咳嗽液的味道，就像咖啡就是咖啡，水果糖就是水果糖。某样东西不见了，但她就是不知道缺了什么，只知道往昔她亲密爱人用来滋润她寂寞芳心的那种金色、诱人的东西，竟丝毫不留痕迹地凭空消失了。

她刚把瓶子放到嘴边，马上就发现事情怪怪的。瓶子就是一个瓶子，而咳嗽液就是咳嗽液。

爱情褪色时就是如此。尽管天气越来越炎热，艳阳高挂，苏薇格的心情却降到了冰点，日子也不再那么美丽动人。

度过了充满希望以及誓言幻灭后的几个星期，真相终于大白。伴随而来的是痛楚与自惭。真相就刊登在苏薇格信任的基督教日报《达格》的头版头条上。

苏薇格喝的根本不是药液，而是酒。

"一直以来，"报纸上如此写着，"'卑尔根止咳剂'就含有超过百分之二十的酒精成分。"不过在受到外界的压力后，其中包括苏薇格所属的教会，酒精浓度已经降到最低。

撒旦骗了她。苏薇格毫无理由怀疑这份报纸的报道。对她而言，这份报纸等于是《新约全书》的附录，是在圣洁精神的引导下产生的。

苏薇格很清楚何谓"百分比"。"百分比"是某种恐怖可厌的东西。"%"是动物的象征，是魔鬼的印记。

这一晚苏薇格梦到她是耶稣的一名女信徒。那正是升天节，她与耶稣以及其他信徒一起在教会里用晚餐，她是加略人犹大，知道自己将为了三十瓶咳嗽液而出卖耶稣。突然间她变成了彼得①，站在悬崖上，立于天与地之间……咳嗽咳了三次，鹦鹉因此唧唧喳喳地叫个不停，牧师闯进苏薇格的房子拿走了祈祷文。

从这天开始，苏薇格开始吃夹心巧克力糖；从这天开始，她每个星期天都会与她表哥一起吃饭；从这天开始，她在超市不再只买牛奶和鲜奶油；从这天开始，苏薇格再也没在教会出现。

---

① 彼得：Petrus，耶稣的第一门徒、耶稣十二使徒之一。在罗马殉道而死，死前彼得自己要求倒钉十字架。

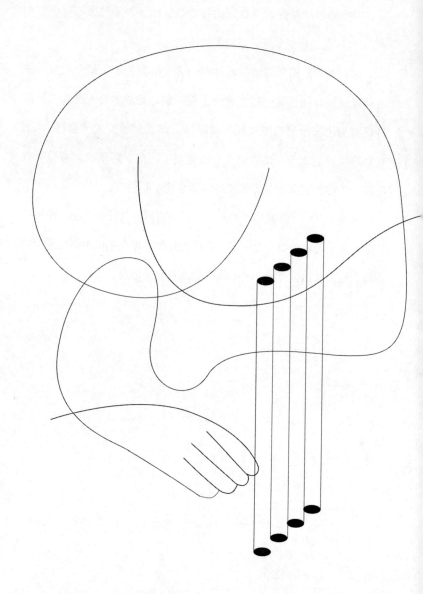

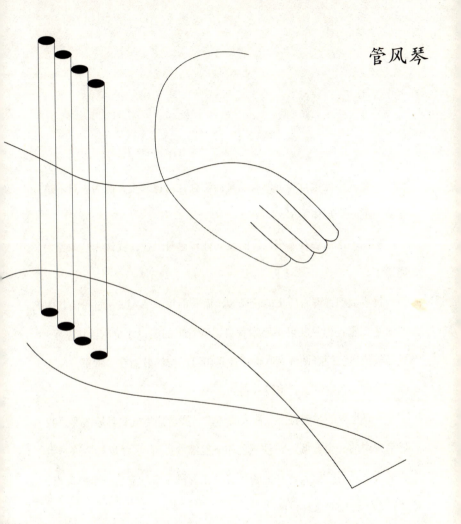

管风琴

一个人不能把世界上所有的疑问都扛在自己肩上，因为人只不过是暂时的一个形体罢了。

然而，常常会有人将世界的良知往自己身上揽，我认为这未免太离谱了。

世界灵魂弹奏着历史的管风琴，而我们每一个人只不过扮演其中的一个音管；但是我可不愿意我自己音管上的洞口让疑问给堵塞了！我必须依自己的音调继续吹奏，让乐声可以持续散播在教堂里，反正除了一种声音之外，我也没有别的。

一旦世界的灵魂将空气注入我体内，我就能生气勃勃地演奏。我是宇宙中的一个音调、一种颜色和一粒细沙。所以，"反抗"这一类的事我宁愿留给他人。其他的音管会在管风琴中建立出一个中央点，而我无法伪造的只有我自己。

我能坦率地说，我就是我自己，因为我知道我也是其他所有的人，我是我所怀疑的事物之一，亦是我不相信的事物之一。作为管风琴内的音管，我和给予所有音管生命活力的泉源——风箱——各司其职，扮演分配好的角色。

　　事实上，根本没有我们所说的那种角色存在，尽管如此，我们毕竟统统是对的。

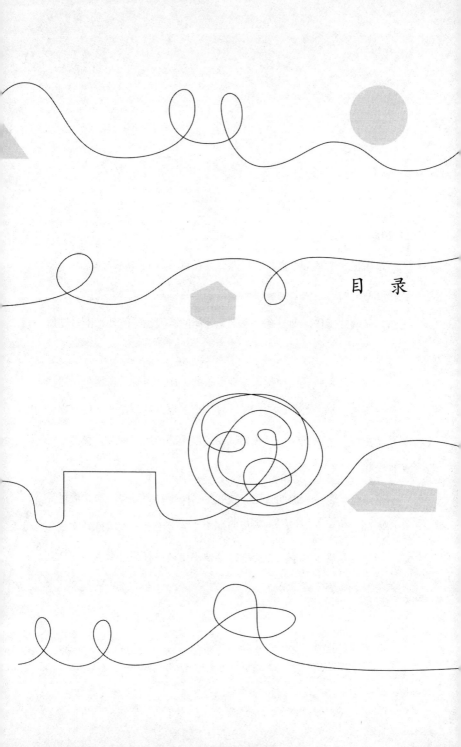

目　录

## 1.

目录包含了整个世界。它将地球套在自己身上，就像是盖了一张密密麻麻的网，这网会随着时间变得越来越厚。所有的人类都参与了编织这张网的工作，即便是一个毫无才能的灵魂也不例外，不过这所有的努力终究只是白费。

十七岁时，我就已经开始整理目录的工作。当时我在现今还居住的地方附近的小港口当信差。现在我三十七岁，已经在这个岛上当了半辈子主编了。因此，一旦我尝试要评论这部作品的意义，我肯定已掌握了相关的背景知识。

这本目录是全人类的日记，每四年（闰年）会出现一次，而世界上所有的成年人在它每一次出现时都有义务写下七至十四行的文章。

居民一旦满十八岁，就必须知道他想要描述有关这个世界的什么事。基于不管是在学校或是在家庭，大家都会带着崇敬的心来阅读这本目录，而且会一直保存到未来，所以要写些什么，应该要审慎考虑清楚。

文章当然是可以不做修改地刊在新版的目录里。但是，人人都有义务每隔四年递交一篇新的文章，这无疑是最有效的解决方法。然而有数以万计的人或许因为懒惰，或许是陶醉于追求真理，或许缺乏想象力，就这么让他们的文章登载在目录内，好几年未做修改，有时甚至长达一辈子。

我说过这本目录涵盖了整个世界，每次的二月二十九日这天，每个地区都会出版一本目录。目录里面，会依照名字字母的开头，依序介绍这个地区所有的居民（十万至五十万人）；此外，也会将这本目录印制成册寄送到每个家庭。所以想要知道世界上的亲朋好友发生了什么重大的事，很简单，只要查询此本目录即可。每个地区必须可以拿到整个世界的所有目录；一本国家的目录索引必须能提供世界上某位居民住在某个地区的讯息。另外，很多地方都有大的图书馆，里头都收藏有全世界的目录。这些图书馆就像蛋一样，每间看上去都很类似，而那里也是人们在这世界上经常驻足的地方。只要人们绕一圈这类的图书馆，便能与世界上所有的人有了联系，因为所有的目录不仅以当地的语言出版，还被译为世界语言发行。照这种方式，在短短的几分钟内，便可将目录里每个人的箴言语录传递到世界各个角落。

从我目前所进行的情况大可得知，目录的编排汇整百分之百是民主化的，任何人不管他们身处世界哪个角落，对于目录的编排，都有属于他们自己的权利与义务。而有些地方的目录看起来是一样的，没有总目录，也没有文选和号称收录最棒字句的"目录中的目录"。早期的目录史上，曾经建议将那些有着辉煌事迹的男女当作国家元首、诗人和哲学家看待，授予他们特权，让他们在目录中比普通人、较不重要的人占有更多的空间，然而这项建议却遭到民众中多数非重要人士的反对；就连让特殊的精英分子有机会用凸版印刷的方式来彰显他们的箴言语录这种善意之举，也都受到批评，就因为他们声称："目录之前，人人平等。"

对汇编目录的人而言，"人人平等"这句话并不意味收集所有人民的语录是很容易的一件事。这点我可以作证，毕竟我已在这个岗位工作超过了十五年的时间。大多数人会准时交出他们的文章，然而一般的人不单只是以喜悦的心情完成此任务，他们甚至以一种近乎疯狂的态度来展现自我。此外，常常我们必须透过强硬的手段来取得文章，一旦确定这种方法行不通时，那么就会有相关的名字，以没有附录的情形出现在目录中，而这可以说是最丢脸的一件事。对从一个闰年勉强维持到另一个闰年的生活，竟然毫无半句话可言，这难道不是很不负责任吗？这些无话可说的人，会被贴上"寄生虫"的标签，一定的时间过后，就会建议将他们的房子与生活用品收走。

要是人们仔细思考一下，用七到十四行的字描述四年来所发生的点点滴滴，会发现这样的要求真的不过分，况且一旦行数超过，我们也不采用，毕竟我们认为，人的一生不单只是用有形的过程就能证明。动植物也可以成功地经历从怀孕到死亡的一生。很多人认为这种有形的存在，只是一种工具或是内在生活的一个器官。这种内在生活，正如此前所言，反映在目录里。四年中，人们至少应该有一次鼓起勇气问自己，他们怎么评断他们在地球上的生活？他们必须在汤匙几乎从嘴巴拿出来时，问自己究竟吃到了什么。

尽管所有的人基本上都有足够的时间思考他们希望阐述哪些观点，但是在这几百万篇的文章中，品质仍有明显差异。尽管如此，所有的文章还是会以公平的方式编排在目录内，不管内容是极具意义的心得感言，或只是些平淡无奇的废话。有几页的内容可能是作者钻牛角尖、但又充满逻辑思考的矛盾言词，或是一段似是而非的谬论，或是对政治的嘲讽批评，或是些断断续续攻击他人的言论，或是生活上解开的谜题，或是努力将目录的中心大意试着用文字描述出来的句子，或是农夫养牛的经验以及家庭主妇的菜单。从这一点看，也证明了民主作风的胜利——目录的风格与内容完全不受限制，所有的文章都是均等的，哲学与马吃的苹果都是一样的。

没有人是平白活着的，目录内会提到每个人的名字，每个人都可以发表他们想要永久保留的话。


## 2.

深入目录阅读，意味着为自己挑选最好的故事。

究竟目录的背后藏有多少意义深远的心得感想、有多少令人困扰的问题和多少个人类灵魂！在我们这个时代，"文明"这个词已经变成了"目录"的同义词。在太古的观念里，文明这个词是消失在二十一世纪的开始；尽管有越来越多的人，忙着与文明打交道，但都只不过是出自对历史的兴趣罢了。

相对于早期目录的文明，目录这个词具有特别无法估计的实质意义，我们随处都可以得知，世界上任何角落的任何一个人，他们认为重要的是什么。目录这种从芸芸众生中获知他人讯息的实际功用，真的是有目共睹，例如：可以透过目录来寻找朋友或是伴侣。有人介绍新的人给我们认识时，我们恰巧就会想起，他在目录中讲过些什么事，于是我们便已经有了共同的话题，可以展开一段新的互动关系。

也有很多人在目录中寻找真理。例如：有人遍游世界各地，为的就是去认识那个在目录中引起他兴趣的人。此外，为了能密集地讨论各自的箴言语录，人们一再地联系彼此，于是相关的研究团体与哲学性学派如雨后春笋般地冒出，整个世界，人们热络得像是自家人似的。

目录已经是大家热衷推想的主题，探讨如何阅读目录以及诠释目录的研究论文就多到数不清有多少篇，现在则以"算术原理"这套模式被认为是最有趣的阅读方式。依照这个方法，我们可以根据一些特定的算术原理将目录当作是一种相关联的描述来阅读。这种描述反射出真实生活中的故事，刻画出一幅地球上生命演进的情景，架构出不同的哲学系统等。特别是它统一了好几百万条语录，将全人类整合成一个单一的灵魂，亦即整合成一个单独的叙述声音。

印度的神秘主义者从这套理论，认知了他们梵文中的古老教义或是世界灵魂中的古老教条。我们全部都是相同意识下的一部分，是同一个灵魂的脉冲，是同一个眼睛所看到的各个层面。这个眼睛便是目录，而目录便是上帝的眼睛。

在西方，也有算术理论的早期目录先驱者，哲学家——黑格尔，便是以纯净的空想为基准，几乎接近了算术的原理。他把这套理论套用在历史上，就像今天我们把它套用在目录上。此外，黑格尔也从紧闭的双眼看到了专制与单独个体；他把历史当作是世界精神如何达到自我意识的报道。今天的算术学派认为，这种观点是完全可以得到证实的，套用 H.G. 威尔所说的，目录是世界的头脑。

究竟算术这套理论引起了多少误解或是没有引起任何误解，自然而然是大家极感兴趣的问题，刚好这阵子事情得回归到原点，不过现在下评论还太早，因为根本都还不重要，得等到日后我们的小孩以及小孩的小孩才能做评断。

## 3.

因此，一切都应该非常的井然有序、有条不紊，所有的人都以这份人类的共同财产为荣。但是目录带来的好处，究竟哪些才是真的有用？从文明的观点来看，文明究竟包含哪些意义呢？正逐渐衰老的我（我只活这么一次），必须以最哀伤的心情告诉大家——答案是令人失望的。

这本目录根本毫无价值可言，根本只是人们对于自身那种自以为是的行为的一种独特的自我宣告罢了。我承认我说过，目录有它已知的实用意义：对于人们而言，它是提供讯息的地方，是灵魂聚集的市场，是精神王国的通讯录；从这个角度看来，它的确比旧文明有价值。然而它却不让我们轻易逃离死亡的痛苦。

目录的形成，是为了让全人类有机会将他们自己的名字与想法镌刻在永不消失的石板上，或是输入不管在时间和空间上都很耀眼的媒体内。就像较早的年代，保留了佛祖与亚里士多德的名字，所以目录也保存了一份对全世界各人种的回忆。

我对这项工作抱持着极大的热忱，但事情的真相是，目录正好否决了它的基本论点，因为我们在目录中所描写的，就像是沙堆上的记号。我现在就详细地做个说明。

三十亿年前，我们的太阳系出现了第一个原始生命的象征，在那段我们为自己在地球上的生命发展架构蓝图的岁月里，我们遭遇到一连串有关生命堕落的警告讯息。经过了三十亿年缓慢暗淡的时间后，生命从它自我的发展获得了一股意识，就某个程度而言，这个发展因此达到了它的目的，而我们本身就处在这个目的中，这个目的便是意识到继续朝下一个目的的发展。

所以什么是要留下来的？生命总是就这么轻易流逝吗？有可能

吗？有必要吗？我们不就站在路的尽头吗？

生命的纯技术性发展对自身而言是个物，因此，我们根本不该自寻烦恼。这期间所有的烦恼全都来自自己，带着算术时细腻的心情，人们已经打算为生命圈准备休止符。最后一段路程在我们面前，我们只需要完成最后一项任务，只要在生命的舞台上进行集体自杀，那么幕帘就降下，消失在宇宙盲目寂静的喝彩声中。

我们是所有生物中最棒的，只要有人自杀试验失败，总是会有其他的人对此更加勤奋不懈；如果我们在世界的最后一个除夕夜时，没有遭遇到原子弹的攻击，我们也将会彼此砍杀，就像是溶解糖时里面的分子相互溶解。当时间持续太久，直到因为这样而使得所有的生物都灭绝，那时我们迟早会揭开臭氧层的序幕，让紫外线终于可以照射到地球上各生命体的核心部位。

这套理论对自身而言也是一种物，就像我们将生命画上休止符，其实不是件有趣的事，比较重要的是精神上的先决条件。生命周期已关闭，发展已到了尽头，以后不再需要更多的历史，也不再有空位给多出的历史。

然而目录却仍然存在，它的内容会一而再再而三地丰富起来，杂志的量也会越来越多，不久便足以将地球的表面覆盖了一大部分。每一个版本的出现，对于有生命的物体而言，就更难找到自由的空间。目录的编辑工作正在进行中，历史也正不断地在发生，但是我们有空位给更多的历史吗？我们有空位给更多的文明吗？我们还能承受起更多的想法和主意吗？我们不是接近了饱和点了吗？这期间，历史不是已经充满足够的生机了吗？

即使我们想象得出一个不会结束的文明，那么目录便是一个毫无希望的方案。最好我们能够沉浸在文明中，问题是，我们制造很多的历史，远超过我们能消耗的，最后我们从头到尾就只停留在纸上，在过去所排泄出来的物体中毁灭。人们存活在地球上的时间，除了留下骨骼和一些碎屑外，早已永久消逝。但是在最近的五十年里，有很多的书被写出来，比早期人类的共同历史还多。

或许目录还会存在个几千年或几百年，但是何谓几千年呢？我停留在世上的最后这段日子，扩增了一点点这方面的见解。文明，这个我们践踏在上面的微薄冰层，只不过是一片混沌大海中的一个岛。它让人误以为它只持续了一定的年数（究竟这个年数有多大，基本上并不重要），直到所有太阳系下的生物都死亡，因为我们的星辰已在宇宙中燃烧。对我而言，最好能再活个十五年或二十年，因为千年与百万年间根本没有任何区别。

根本就没有永恒的存在，这就是问题的要点。在载浮载沉的海洋中，我们根本就没有木板可以攀缘。

我对死已不再害怕，我接受了拜访地球的时间是有期限的，但是我实在无法接受所有的事——真的是所有的事，终究会停止这个事实。我没有可以使自己固定在这世上的工具，没有永恒的生命，也无法提出过去琐碎的事物中，可以突显自我的东西。

或许目录会比我存在更久，但是一般而言，它存在的时间根本就不长，因为它也是时间与空间下过程的产物。

只有我们存在于其中一个小星球的宇宙还知道，它是存在的；然而意识只是一个说出来的暂时的现象，即使算术学派提出——目录是上帝的眼睛的这个理论是有道理的，但只要这个眼睛是一无所有中的一座岛屿，这也只不过是个小小的安慰。

在时间面前，我们根本无处可躲，时间总是会找到我们，整个事实正不间断地在我们生活中进行着。

为什么我要写下这所有的事情？或许是为了获得控制所做的最后努力吧——我不知道。我也不愿意将我厌世的观点拿去叨扰其他的人。我死后，这些话是否会被发现且阅读，对我而言，都无所谓，因为我也将离去、消失——就像所有事物都会消失一般。不管我们如何扭转它，没有任何一句话可以独立于文章整体的关联性之外。我们属于聒噪的民族，最理性的做法是保持缄默。几天内，我会将我的辞呈递给处理目录的国际秘书处，我不仅仅拒绝再当这个地区的目录主编，我也不想再当个人。下次目录再出版时，我的名字将会以没有附作品的情况出现。

我已受够了这个世界。

（京权）图字01-2017-1024号

图书在版编目（CIP）数据

贾德谈人生 / （挪威）乔斯坦·贾德著；叶宗琪译. --
北京：作家出版社，2017.8 （2017.8 重印）
书名原文：Diagnosen
（苏菲的世界系列）
ISBN 978-7-5063-9502-1

Ⅰ.①苏… Ⅱ.①乔… ②叶… Ⅲ.①短篇小说 - 小说集 -
挪威 - 现代 ②故事 - 作品集 - 挪威 - 现代 Ⅳ.①I533.45

中国版本图书馆CIP数据核字（2017）第116737号

DIAGNOSEN by Jostein Gaarder.
Copyright © 1986 H. Aschehoug & Co.（W. Nygaard）AS
Published by arrangement with H. Aschehoug & Co.
through Bardon-Chinese Media Agency
Simplified Chinese translation copyright ©（2017）
by The Writer's Publishing House
ALL RIGHTS RESERVED

贾德谈人生

作　　者：[挪威]乔斯坦·贾德
译　　者：叶宗琪
责任编辑：陈晓帆　苏红雨
装帧设计：任凌云
出版发行：作家出版社
社　　址：北京农展馆南里10号　　邮　　编：100125
电话传真：86-10-65930756（出版发行部）
　　　　　86-10-65004079（总编室）
　　　　　86-10-65015116（邮购部）
E-mail:zuojia@zuojia.net.cn
http://www.haozuojia.com（作家在线）
印　　刷：三河市华业印务有限公司
成品尺寸：139×205
字　　数：153千
印　　张：8.25
印　　数：20001-120000
版　　次：2017年8月第1版
印　　次：2017年8月第2次印刷
ISBN　978-7-5063-9502-1
定　　价：28.00元

JOSTEIN GAARDER

苏 菲 的 世 界 系 列